ESTE DIÁRIO PERTENCE A:

Nikki J. Maxwell

PARTICULAR E CONFIDENCIAL

Se encontrá-lo perdido, por favor devolva
para MIM em troca de uma RECOMPENSA!

(PROIBIDO BISBILHOTAR!!!☹)

TAMBÉM DE *Rachel Renée Russell*

Diário de uma garota nada popular:
histórias de uma vida nem um pouco fabulosa

Diário de uma garota nada popular 2:
histórias de uma baladeira nem um pouco glamourosa

Diário de uma garota nada popular 3:
histórias de uma pop star nem um pouco talentosa

Diário de uma garota nada popular 3,5:
como escrever um diário nada popular

Diário de uma garota nada popular 4:
histórias de uma patinadora nem um pouco graciosa

Diário de uma garota nada popular 5:
histórias de uma sabichona nem um pouco esperta

Diário de uma garota nada popular 6:
histórias de uma destruidora de corações nem um pouco feliz

Diário de uma garota nada popular 6,5: tudo sobre mim!

Diário de uma garota nada popular 7:
histórias de uma estrela de TV nem um pouco famosa

Rachel Renée Russell
DIÁRIO
de uma garota nada popular

Histórias de um conto de fadas nem um **POUCO** encantado

Com Nikki Russell e Erin Russell

Tradução
Carolina Caires Coelho

9ª edição

Rio de Janeiro-RJ/São Paulo, SP 2024

VERUS
EDITORA

TÍTULO ORIGINAL: Dork Diaries: Tales from a Not-So-Happily Ever After
EDITORA: Raïssa Castro
COORDENADORA EDITORIAL: Ana Paula Gomes
COPIDESQUE: Anna Carolina G. de Souza
REVISÃO: Raquel de Sena Rodrigues Tersi
DIAGRAMAÇÃO: André S. Tavares da Silva
CAPA, PROJETO GRÁFICO E ILUSTRAÇÕES: Lisa Vega e Karin Paprocki

Copyright © Rachel Reneé Russell, 2014
Tradução © Verus Editora, 2015
ISBN 978-85-7686-426-4
Todos os direitos reservados, no Brasil, por Verus Editora.
Nenhuma parte desta obra pode ser reproduzida ou transmitida por qualquer forma
e/ou quaisquer meios (eletrônico ou mecânico, incluindo fotocópia e gravação) ou
arquivada em qualquer sistema ou banco de dados sem permissão escrita da editora.

Verus Editora Ltda.Rua Argentina, 171, São Cristóvão, Rio de Janeiro/RJ,
20921-380 www.veruseditora.com.br

CIP-BRASIL. CATALOGAÇÃO NA FONTE
SINDICATO NACIONAL DOS EDITORES DE LIVROS, RJ

R925d

Russell, Rachel Reneé

Diário de uma garota nada popular 8 : histórias de um conto de fadas nem um pouco encantado / Rachel Reneé Russell ; ilustrações Lisa Vega , Karin Paprocki ; tradução Carolina Caires Coelho. — 9. ed. — Rio de Janeiro, RJ : Verus, 2024.

il. ; 21 cm

Tradução de: Dork Diaries: Tales from a Not-So-Happily Ever After

ISBN 978-85-7686-426-4

1. Literatura infantojuvenil americana. I. Vega, Lisa. II. Paprocki, Karin. III. Coelho, Carolina Caires. IV. Título.

15-22898

CDD: 028.5

CDU: 087.5

Revisado conforme o novo acordo ortográfico

Impressão e acabamento: Santa Marta

A todos os meus adoráveis fãs
nada populares do mundo todo —
sigam seus sonhos e vocês também
encontrarão seu final feliz!

TERÇA-FEIRA, 1º DE ABRIL
ESTOU ATRASADA! ESTOU ATRASADA! – 7:22

AAAAAAAAAAHHH ☹!!
(Essa sou eu gritando!)

Não consigo acreditar que dormi demais! DE NOVO! Agora provavelmente vou me atrasar para o colégio! POR QUÊ?!! Porque a pirralha da minha irmã, a Brianna, tem se infiltrado no meu quarto à noite para roubar meu despertador!

Ela está usando meu despertador para acordar bem cedo e preparar um sanduíche de pasta de amendoim, geleia e picles para comer no colégio. SIM! Ela acrescenta mesmo PICLES!

Não sei o que é mais REPUGNANTE, a Brianna ou o sanduíche nojento dela!

De qualquer maneira, agora eu não tenho nem três minutos para tomar banho, lavar o cabelo, escovar os dentes, me vestir, pegar minhas coisas, comer, passar gloss labial e SAIR!

Foi assim que meu dia mais que PÉSSIMO começou...

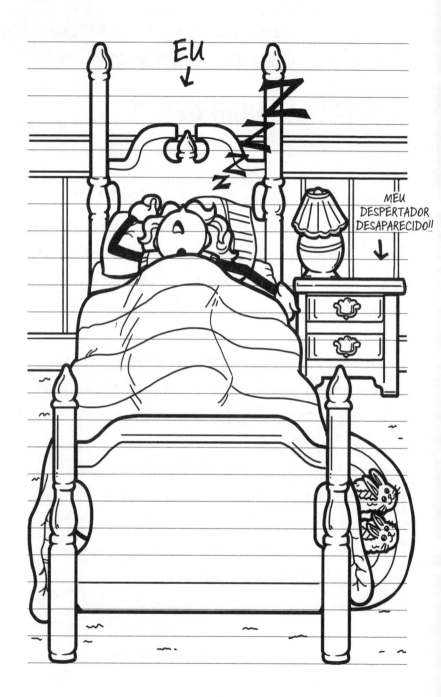

AI, MEU DEUS!! Eu me vesti para ir para o colégio em dois minutos e dezenove segundos! O que provavelmente é o NOVO recorde mundial de atrasados para a aula!!

Decidi vestir minha nova blusa de marca com franja. Demorei DOIS meses inteiros para economizar para comprá-la na DOCE 16, uma loja descolada para adolescentes do shopping.

Pensando no que aconteceu de manhã, com certeza havia uma BOA e uma MÁ NOTÍCIA.

A BOA NOTÍCIA...?

Meu dia começou de um jeito tão TERRÍVEL que eu tinha CERTEZA de que NÃO HAVIA como as coisas PIORAREM ☺!

A MÁ NOTÍCIA...?

Eu estava TOTALMENTE ERRADA em relação à BOA NOTÍCIA! ☹!!

BATALHA DO CAFÉ DA MANHÃ - 7:25

AI, MEU DEUS! Fiquei TÃO IRRITADA com a Brianna por ter pegado meu despertador que estava praticamente soltando fumaça pelas ORELHAS!!

Minha vontade era enfiá-la numa caixa grande e despachá-la para a Ilha da Princesa de Pirlimpimpim para ser a catadora de cocô oficial de todos aqueles bebês unicórnios que ela tanto ama.

"Brianna! Você pegou meu despertador de novo?!", gritei. "Se eu me atrasar para o colégio, vai ser TUDO culpa sua!"

"Eu não peguei o seu despertador. Foi a Bicuda! Ela acha que você precisa de todo o SONO DE BELEZA possível! Você tem se olhado no espelho ultimamente?", a Brianna perguntou, me mostrando a língua.

"A Bicuda ACHA que eu preciso de um sono de beleza?! Desculpa, Brianna, mas a Bicuda NÃO CONSEGUE achar nada. Ela não tem CÉREBRO! Ela é um fantoche!", respondi.

"Ela TEM cérebro, sim!", a Brianna gritou. "Ela diz que pode ir para a escola de fantoches para ficar mais inteligente, mas VOCÊ precisa ir para aquele programa de TV Intervenção na cara feia!"

Eu fiquei, tipo: Ah. Não. Ela. NÃO. DISSE. ISSO ☹!!! Eu NÃO podia acreditar que a Bicuda estava falando MAL de mim daquele jeito. Era ELA quem ia precisar de uma intervenção!! Depois que eu pegasse uma caneta e desenhasse um bigode nela. Aí a gente ia ver de quem era a CARA mais feia, a MINHA ou a DELA!

De qualquer modo, a Brianna estava sentada à mesa da cozinha, misturando pasta de amendoim, geleia e picles para preparar aquele sanduíche muito nojento...

BRIANNA, OCUPADA PREPARANDO UM SANDUÍCHE NOJENTO!

"Quer que eu faça um para você, Nikki? É uma delícia! OLHA!", a Brianna falou, colocando o sanduíche bem na minha cara.

Fiz uma careta para aquela coisa pegajosa...

ECA! O CHEIRO era ainda pior do que a aparência. Tipo uma mistura de pasta de amendoim, geleia e humm... suco de picles mofado ☹!

"Hum... não, obrigada!", murmurei, totalmente enojada.

"Vai. Dá só uma mordidinha!!!", a Brianna disse, balançando a coisa bem embaixo do meu nariz. "Você vai AMAR!"

"Não, Brianna! Na verdade, não estou mais com fome! Eu dei uma única olhada no seu sanduíche e perdi TOTALMENTE o apetite!"

"Tem CERTEZA? Está incrivelmente delicioso!", ela deu uma risadinha.

Eu só revirei os olhos para aquela garota.

Qual parte da palavra "NÃO" ela NÃO entendeu?

Senti vontade de gritar: *Desculpa, Brianna, mas...*

Não vou comer isso como um CÃO!
Não vou comer isso como um GAVIÃO!

Não vou comer isso como um GATO!
Não vou comer isso como um RATO!

Não vou comer isso no meu QUARTO.
Ou no ÔNIBUS. Nem se eu fosse um LAGARTO!

Não vou comer isso em NENHUM LUGAR!
Porque esse lanche quase me fez VOMITAR!

Pode me chamar de CHATA! Pode me chamar de BIRRENTA!
NÃO gosto desse sanduíche CHEIO DE COISA NOJENTA! ☹!!!

Bom, a Brianna foi até a geladeira pegar uma caixinha de suco, e eu peguei minhas coisas e estava prestes a passar pela porta quando, de repente, ela veio correndo na minha direção como um filhote furioso de rinoceronte de marias-chiquinhas.

E ME acusou de pegar seu sanduíche!

Foi quando começamos a gritar uma com a outra...

BRIANNA, ME ACUSANDO DE SURRUPIAR SEU SANDUÍCHE HORROROSO!

"Meu sanduíche sumiu, e foi VOCÊ quem pegou!"

"Brianna! Eu não alimentaria nem meu PIOR INIMIGO com aquele sanduíche nojento!"

E, quando digo inimigo, me refiro a pessoas como... bem, você sabe...

MACKENZIE HOLLISTER ☹!!

Mas, pensando bem, eu provavelmente DARIA aquele sanduíche ao meu pior inimigo.

Eu ADORARIA simplesmente enfiá-lo na boca daquela garota!

Brincadeirinha ☺!

SÓ QUE NÃO ☹!!

Na verdade, é só uma brincadeirinha, sim ☺!

Tento ser legal e me dar bem com TODO MUNDO do colégio. Mas, por algum motivo, a Mackenzie ME ODEIA!!

Bom, quando finalmente saí para o colégio, a Brianna estava ocupada preparando outro sanduíche.

Tipo assim, quanto mais velha ela fica, mais PIRRALHA ela se torna.

Acho que está na hora de eu ter uma conversa séria com a minha mãe e o meu pai a respeito das habilidades deles como pais.

POR QUÊ?

Porque estou DE SACO CHEIO de a Brianna...

1. pegar minhas coisas sem permissão (como o meu despertador!).

2. roubar meu celular para brincar com o jogo da Princesa de Pirlimpimpim e acabar com a bateria.

3. me acordar de madrugada para levá-la ao banheiro, pulando sem parar na minha cama (quando ainda estou deitada ali ☹!!)...

BRIANNA, ME ACORDANDO DE UM JEITO MUITO GROSSEIRO!!

É absolutamente fundamental que meus pais busquem ajuda profissional para a Brianna antes que seja tarde demais.

Eles deixam minha irmã fazer TUDO! Mas, quando eu peço para fazer alguma coisa, sempre recebo um belíssimo "NÃO!"

Eu queria muito ser voluntária na Amigos Peludos com o meu paquera, o Brandon, depois das aulas.

Mas minha mãe disse que eu não posso!

POR QUÊ?!! Porque tenho que ser babá da BRIANNA!

COMO SEMPRE ☹!!

Era uma coisa muito importante, porque seria a primeira vez que eu sairia com o Brandon desde... bom, você sabe!!

O meu primeiro BEIJO!!! ÊÊÊÊÊ!!! ☺!!

AI, MEU DEUS! Fiquei TÃO chocada quando aconteceu! Pensei que eu fosse MORRER!

Foi TÃO romântico!

Apesar de os meus olhos terem ficado abertos o tempo todo e praticamente saltado das órbitas.

E, quando terminou, eu fiquei sem ar!

Quase.

O único problema com o beijo é que aconteceu em um evento beneficente para arrecadar dinheiro para crianças. Então não sei se o Brandon fez isso porque gosta mesmo de mim, ou simplesmente porque estava tentando salvar as crianças carentes do mundo.

De qualquer forma, graças à minha irmã MA-LU-CA, estou uma pilha de nervos e totalmente estressada.

E meu dia no colégio ainda nem começou!

LEMBRETE: Arranjar uma NOVA irmã!!

☹!!

SUSTO NO ARMÁRIO! – 7:44

Fiquei feliz e aliviada por ter conseguido chegar a tempo no colégio.

Apesar da manhã péssima, eu tinha colocado na cabeça que meu dia seria muito bom.

Fiquei surpresa porque minha blusa chamou MUITA atenção.

Conforme eu seguia pelo corredor, praticamente TODO MUNDO parava para olhar. Até os GAROTOS!

E tem mais! Algumas das GDPs (garotas descoladas e populares) chegaram a sorrir, apontar e cochichar umas com as outras.

Ficou bem óbvio que elas tinham AMADO minha blusa nova!

Eu me senti como uma modelo desfilando na passarela ou alguma coisa assim...

TODO MUNDO OLHANDO E APONTANDO ENQUANTO EU SEGUIA PELO CORREDOR

Eu fiquei, tipo: "Bom dia, pessoal! Por favor, não ODEIEM minha blusa FABULOSA!!" Mas eu disse isso dentro da minha cabeça, então só eu mesma escutei.

Quando cheguei ao meu armário, guardei minhas coisas e pensei em escrever um pouquinho no meu diário.

Eu estava MUITO feliz com a minha vida naquele momento ☺!

Nem estava mais tão brava com a Brianna. Afinal, ela é SÓ uma criança! Quando tinha a idade dela, eu era BEM MAIS irritante.

De repente, notei que a MacKenzie estava me encarando como se eu fosse um... humm... ESQUILO de duas cabeças ou alguma coisa assim. Mas eu simplesmente a ignorei, como sempre faço.

Então ela gritou: "AI, MEU DEUS, NIKKI! ONDE VOCÊ ARRUMOU ESSA BLUSA?!!"

O que foi a pergunta mais IDIOTA de TODOS OS TEMPOS! Essa garota tem o QI de uma bola de chiclete!...

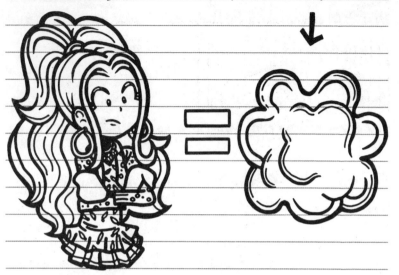

Eu só fiquei olhando para ela e respondi calmamente: "Comprei a minha blusa numa LOJA. Sabe como é, onde VOCÊ compra suas coisas, como o seu CABELO e o seu BRONZEADO".

A MacKenzie obviamente estava MORRENDO de inveja da minha blusa nova FABULOSA.

E ela não conseguiu lidar com o fato de que a MINHA roupa era bem mais FOFA que a DELA.

Então ela apontou para mim e abafou uma risadinha...

"HUM... NIKKI, VOCÊ ESTÁ TENTANDO LANÇAR MODA? OU VOLTOU A COMER COISAS DO LIXO?"

Foi quando eu finalmente olhei para a blusa. Grudado na parte da frente estava o...

Sanduíche desaparecido da Brianna ☹!!

Larguei o diário e fiquei OLHANDO HORRORIZADA!!

Não foi à toa que recebi tantos olhares de alunos no corredor. Mas, infelizmente, eles não estavam ADMIRANDO minha blusa nova.

Foi aí que notei a MacKenzie e praticamente TODO MUNDO no corredor apontando e rindo de mim.

Como se eu fosse uma...

MALUCA!

Então a MacKenzie arregalou os olhos e resmungou:

"Ei, Nikki, você quer umas BARATINHAS com esse sanduíche?! Ops, eu quis dizer BATATINHAS!"

E todo mundo riu ainda mais!

Eu não podia acreditar que aquilo estava mesmo acontecendo comigo.

Só fiquei ali parada, com a boca aberta.

Foi como se eu estivesse esperando uma resposta MUITO boa me subir pela garganta e saltar da minha boca diretamente na cara da MacKenzie.

Mas não consegui pensar em nada para dizer a ela.

Então só murmurei: "Tanto faz".

AI, MEU DEUS! Eu me senti TÃO humilhada!

E envergonhada.

E... IDIOTA!

Piscando para afastar as lágrimas, peguei meu diário e o enfiei na mochila.

Então bati a porta do armário e saí apressada pelo corredor.

☹!!

MANCHAS DOLOROSAS! - 7:50

AAAAAAAAAAHH!!!
(Essa sou eu gritando! DE NOVO ☹!!)

Acabei de ter a PIOR. MANHÃ. DE. TODAS!! E agora estou escondida no banheiro das meninas.

Eu AINDA não consigo acreditar naquele FIASCO gigante com a MacKenzie! E com o sanduíche da Brianna!

A única explicação lógica é que provavelmente o sanduíche ficou preso no meu casaco quando eu o joguei sobre a mesa da cozinha hoje cedo.

E aí, quando vesti o casaco, sabe-se lá como a coisa grudou na parte da frente da blusa. Como um tipo de... hum... CRIATURA ALIENÍGENA SUPEResquisita, grudenta e pegajosa!!

Senti vontade de sair correndo até o pronto-socorro mais próximo e IMPLORAR aos médicos por um procedimento que salvasse a minha vida!!...

"DOUTORES, POR FAVOR ME AJUDEM! PODEM REMOVER CIRURGICAMENTE ESSE SANDUÍCHE?"

Então a Brianna estava certa. Eu ROUBEI mesmo aquele sanduíche nojento!!

Sem querer ☹!

De qualquer forma, estou no banheiro tentando desesperadamente limpar todas as manchas da minha blusa.

Mas não há esperança!

Eu estou parecendo uma das pinturas a dedo HORROROSAS da Brianna. Porque agora estou totalmente coberta com:

1. manchas marrons de pasta de amendoim

2. manchas roxas de geleia

3. espuma branca de sabonete

E

4. sabonete líquido verde-fluorescente do banheiro feminino.

EU, ME OLHANDO NO ESPELHO E TENDO UM VERDADEIRO COLAPSO POR CAUSA DAS MANCHAS NA BLUSA!

AI, MEU DEUS! Parecia que alguém tinha DEVORADO um sanduíche de atum com ervilha, uma fatia de torta de mirtilo e leite com chocolate.

E então VOMITADO tudo em cima da minha blusa!!

DUAS VEZES ☹!!

Eu me senti totalmente HORRÍVEL!

De repente, lágrimas grandes e gordas começaram a escorrer pelo meu rosto.

Mas não era porque eu estava SUPERchateada (o que eu ESTAVA)!

Meus olhos estavam só ardendo muito por causa do cheiro podre de suco de picles. Infelizmente, acrescentar água à mistura tornou o odor venenoso dez vezes mais forte.

Foi quando eu comecei a chorar de verdade!

Todo mundo no meu colégio acha que eu não passo de uma grande PIADA!

Minha blusa favorita (a qual eu tinha economizado durante DOIS meses inteiros para comprar!!) estava TOTALMENTE ARRUINADA!!!

E eu estava cheirando a PICLES HUMANO com um cê-cê horrível!!!

Era TUDO culpa da Brianna!! Pelo menos a maior parte.

Na verdade, não sei quem torna minha vida mais miserável, a MACKENZIE ou a BRIANNA!

Ainda bem que meu perfume Sassy Sasha estava na mochila. Espirrei praticamente metade do frasco.

Então AGORA eu estou cheirando a... (*SNIF SNIF*)... PICLES marinado no perfume Sassy Sasha!!

QUE MARAVILHA ☹!!

Sinto muito, Brianna! Mas estou começando a desejar que você NUNCA tivesse nascido!

☹!!

ME ESCONDENDO NA AULA DE INGLÊS – 8:05

Na aula de inglês, eu afundei na cadeira e tentei me esconder atrás dos livros. A última coisa que eu precisava era da classe toda olhando sem parar para a minha blusa manchada.

Em pouco tempo, a professora entrou com tudo na sala, com um livro enorme nas mãos.

Ela o jogou em cima da mesa, o que fez um *TUM* bem alto!

Os alunos da primeira fileira tossiram e balançaram a mão para afastar a nuvem de poeira que se ergueu.

Não pude deixar de notar que o livro antigo cheirava a mofo, peixe e meias suadas.

O cheiro era tão PÉSSIMO quanto eu estava me sentindo naquele momento!

O que, pensando bem, foi uma incrível coincidência.

"Bom dia, classe!", a professora sorriu animada. "Em vez de discutir o simbolismo no romance *As vinhas da ira*, como planejado, hoje nós vamos nos divertir um pouco! Então coloquem seus livros de lado."

Todo mundo jogou o livro no chão com prazer, inclusive eu.

Nossa professora continuou:

"Eu estava limpando o sótão ontem e encontrei este incrível tesouro!", ela exclamou. "Este livro de contos de fadas era da minha avó e era meu preferido na infância! Os contos de fadas são divertidos e um gênero fascinante da literatura."

Ela pegou o livrão e soprou o pó da capa.

Então o ergueu orgulhosamente para a sala toda ver...

MINHA PROFESSORA, EXIBINDO SEU ANTIGO LIVRO DE CONTOS DE FADAS

"Este livro me inspirou a passar um projeto de escrita criativa para VOCÊS hoje!", ela explicou.

A sala toda resmungou, inclusive eu.

"Vamos lá, pessoal! Vai ser divertido, prometo. Agora peguem o caderno de vocês."

Peguei meu caderno e tentei encontrar uma página que ainda não estivesse cheia de rabiscos e desenhos.

"Quero que cada um reescreva seu conto de fadas preferido, dando um toque pessoal! É para ser entregue amanhã, no fim da aula. E, para fazer a criatividade de vocês fluir, vamos aquecer com alguns exercícios de escrita criativa.

Um conto de fadas é uma história fictícia que costuma se basear em personagens folclóricos, como fadas, goblins, duendes, trolls, bruxas, gigantes e animais falantes. Essas histórias têm raízes em tradições orais, e histórias muito semelhantes podem ser encontradas em diferentes culturas pelo mundo.

Cada conto de fadas tem um personagem principal, ou protagonista, que geralmente é alguém bom. Muitas vezes há também membros da realeza, como príncipe, princesa, rei e/ou rainha. Mas agora, para o exercício de escrita criativa, quero que encham o caderno com ideias para o personagem principal durante os próximos dez minutos..."

A professora continuou: "Todo conto de fadas também tem um personagem do mal, ou antagonista, que tenta prejudicar o personagem do bem. Isso cria o conflito que guia a história. Agora, preencham a página com ideias para seu personagem malvado..."

"E, por fim, há a magia ou a realização de um desejo. Mais uma vez, encham a página de ideias..."

Eu podia ter desejado que a Brianna nunca tivesse nascido. Mas, como eu não tinha tomado café da manhã, estava MORRENDO de fome. Então, em vez disso, DESEJEI algo para comer!...

"Agora vamos começar! Tentem usar algumas das ideias dos exercícios de escrita. E sintam-se livres para vir dar uma olhada no meu livro de contos de fadas!"

Preciso admitir, aqueles exercícios de escrita eram muito divertidos. Tive uma tonelada de ideias incríveis! Mas tive muita dificuldade em pensar em uma história.

Olhei ao redor, e a sala toda estava animada. Parecia que todo mundo estava falando das próprias ideias para os contos de fadas.

A gente devia trocar ideias. Mas, infelizmente, meu cérebro estava cheio de gás. Eu não conseguia pensar em nada além de ar.

Sempre me considerei uma pessoa muito criativa e uma escritora talentosa. Porque, caramba, sou totalmente viciada em escrever no meu diário!

Mas esse projeto SUPERfácil, sem regras, estava me deixando muito ansiosa.

Foi quando decidi dar uma olhada no livro de contos de fadas para tirar umas ideias dali.

A professora tinha razão! O livro dela era bem INCRÍVEL...

EU, TOTALMENTE ENTRETIDA NO MUNDO FASCINANTE DOS CONTOS DE FADAS!

No fim da aula, todo mundo estava ocupado escrevendo... menos EU ☹!

Em vez disso, eu tinha passado a aula toda completamente distraída com um conto de fadas de aventura muito legal.

Ler histórias de amor cheias de drama e aventuras emocionantes era uma ótima maneira de fugir da MINHA existência muito COMUM e extremamente SEM GRAÇA.

Mas eu ainda não tinha a menor ideia do que escrever. Saí da sala de aula mais frustrada e desanimada do que nunca.

Fui me arrastando para a aula de francês, abraçando bem forte meus livros, para tentar esconder as manchas nojentas na minha blusa.

Mas, ainda assim, alguns alunos apontaram e deram risadinhas.

Neste exato momento, eu me sinto PÉSSIMA! Às vezes, eu queria ter uma varinha mágica e desaparecer! ☹!!

CRISE CRÍTICA COM O PAQUERA – 10:55

Depois das aulas de francês e estudos sociais, voltei ao armário para esperar minhas melhores amigas, a Chloe e a Zoey.

A gente se encontra ali todos os dias para ir juntas para a aula de educação física. Fiquei surpresa quando o Brandon veio correndo me encontrar.

"Oi, Nikki! Estou procurando você a manhã toda. Espero que tenha recebido as minhas mensagens no celular. E, hum... EITA! O que aconteceu com a sua blusa?!"

"E aí, Brandon? Sofri um pequeno acidente. Com um sanduíche. Mas está tudo bem. E então, você me mandou uma mensagem?"

"É. Na verdade, três. Eram muito importantes! O acampamento de jornalismo para o qual eu vou no verão tem uma vaga. Acho que alguém de outro colégio cancelou."

"Sério? Isso parece, hum... interessante", falei, tentando soar bem indiferente.

47

BRANDON E EU, FALANDO SOBRE IR JUNTOS PARA O ACAMPAMENTO DE VERÃO ☺!!

Mas, nos cantos mais profundos da minha alma, eu estava gritando...

AI, MEU DEUS! AI, MEU DEUS! EU PODERIA SIMPLESMENTE MORRER SÓ DE PENSAR EM PASSAR O VERÃO INTEIRO COM O BRANDON

NO ACAMPAMENTO, FAZENDO LONGAS E ROMÂNTICAS CAMINHADAS DE MÃOS DADAS PELA MATA, FICANDO SEM AR DE OLHAR UM NOS OLHOS DO OUTRO ENQUANTO SOMOS DEVORADOS VIVOS POR PERNILONGOS!! ÊÊÊÊÊÊ ☺!!

"Nikki, o professor Zimmerman disse que quer acrescentar uma tirinha cômica ao jornal do colégio. E está disposto a pagar para você ou a MacKenzie ir ao acampamento, já que as duas são artistas talentosas. Bom, eu estou torcendo para que VOCÊ tenha se inscrito, porque parece que a vaga já foi..."

"Espera aí, Brandon. Vou dar uma olhada no meu celular. Pensando bem, não recebi NADA de NINGUÉM a manhã toda, o que é MUITO estranho."

Foi quando peguei meu celular para conferir as chamadas e mensagens. E, de repente, o Brandon ficou com uma cara muito confusa.

"Ei, onde você comprou a capinha do seu celular? Ela é muito... hum... diferente!", ele perguntou.

"Na verdade, eu comprei no shopping no mês passado."

BRANDON, SE PERGUNTANDO O QUE TERIA ACONTECIDO COM MEU TELEFONE!

Só que, quando tentei dar uma olhada nas mensagens que o Brandon tinha enviado, tive dois pequenos problemas...

Primeiro, a bateria do celular tinha ACABADO completamente! Isso significava que a Brianna tinha brincado com o jogo da Princesa de Pirlimpimpim sem a minha permissão. DE NOVO! ☹!!

Segundo, meus olhos estavam prestes a explodir e SANGRAR por causa de um autorretrato horroroso que ela tinha desenhado com caneta preta no meu TELEFONE ☹!!!

AUTORRETRATO DA BRIANNA

EU, EM CHOQUE PELO QUE A BRIANNA TINHA FEITO COM O MEU POBRE CELULAR!!

Mas o mais decepcionante foi que, por eu não ter recebido as mensagens do Brandon, a MacKenzie provavelmente vai passar o verão com ele no acampamento, sendo devorada viva pelos pernilongos, não EU ☹!!

Fiquei ARRASADA! E o Brandon também estava bem decepcionado.

Apesar de querer chorar (DE NOVO!), abri um sorriso enorme e disse a ele como eu me sentia grata por ele ter enviado as mensagens com a informação sobre o acampamento, apesar de eu não ter conseguido ler porque a bateria do meu celular tinha acabado.

Ele meio que deu de ombros e enfiou as mãos nos bolsos.

"Ei, sem problemas. Talvez no ano que vem. Certo? Bom, a gente se vê na aula de biologia."

"Claro. E obrigada mais uma vez", eu disse enquanto ele seguia pelo corredor.

Soltei um suspiro frustrado e então desabei contra o armário.

Parece que meu dia está ficando mais NOJENTO a cada hora que passa.

Sério!

Não sei quanto mais desse DRAMA todo vou ser capaz de suportar!!

☹!!

REUNIÃO DA AUTOPIEDADE COM AS MINHAS MELHORES AMIGAS – 10:58

Boas notícias! FINALMENTE elaborei um plano brilhante para resolver a situação da minha blusa manchada.

Depois da aula de educação física, pretendo ir à secretaria e ligar para a minha mãe vir me buscar.

Então vou tomar um banho rápido em casa para não ficar cheirando a Sassy Sasha e suco de picles.

E, depois que eu vestir uma roupa, pretendo enterrar essa blusa no quintal.

Se eu me apressar, pode ser que consiga voltar para o colégio a tempo da aula de biologia e ver o Brandon de novo ☺!

Uma coisa é certa: eu não sei como sobreviveria nesse colégio sem as minhas melhores amigas, a Chloe e a Zoey!

Por pior que eu esteja me sentindo, elas sempre conseguem me fazer rir e me animar. E hoje não foi diferente.

Contei a elas sobre o drama com a Brianna, a MacKenzie e o Brandon. E então mostrei minha blusa manchada e a pichação na capinha do meu celular. Elas só me encararam, horrorizadas...

EU, MOSTRANDO A BLUSA MANCHADA E A PICHAÇÃO NO TELEFONE PARA AS MINHAS MELHORES AMIGAS HORRORIZADAS!

A Chloe disse: "AI, MEU DEUS, Nikki! Coitadinha! Sinto MUITO por você!"

E a Zoey falou: "'Quando as coisas estão ruins, nós nos consolamos com o fato de que poderiam estar muito PIORES. E, quando estão piores, encontramos esperança na ideia de que as coisas estão tão ruins que só podem MELHORAR. Malcolm S. Forbes".

E então as duas me envolveram em um abraço COLETIVO!

E agora estou me sentindo muito melhor.

A Chloe e a Zoey são as MELHORES AMIGAS do MUNDO!!!

☺!!

OS PERIGOS DA EDUCAÇÃO FÍSICA – 11:05

Eu mal podia esperar pelo fim da aula de educação física para finalmente poder ir para casa e trocar de roupa.

Enquanto terminávamos os exercícios de aquecimento, a professora entrou no depósito de materiais.

Isso significava uma única coisa! Faríamos alguma atividade com bola!

QUE MARAVILHA ☹!

Ela ia voltar para a quadra com uma bola de basquete, futebol, vôlei, beisebol ou talvez de futebol americano.

Desculpa, mas eu estava morrendo de fome! A única bola que eu queria ver era uma almôndega apetitosa ou uma bolinha de queijo. QUE DELÍCIA!!

Infelizmente, meu devaneio alimentar foi rudemente interrompido quando a professora soprou seu apito e anunciou a atividade física mais PAVOROSA conhecida pela raça humana...

Então a professora lançou as bolas no chão da quadra e o jogo começou. Todos os alunos mais ágeis imediatamente saíram correndo para pegar uma bola.

Ser a primeira pessoa a sair do jogo é a maior das humilhações.

Todo mundo ri e faz sinal de L, de "lesma", com os dedos enquanto a pessoa caminha envergonhada para o banco.

Eu não deixaria isso acontecer comigo!

DE NOVO!!

Mas, SE acontecesse, eu tinha enfiado meu diário e uma caneta dentro da blusa para poder fazer bom uso do meu tempo livre no banco.

Imediatamente, vi a Jessica me encarando do mesmo jeito que uma cobra faminta olha para um rato. E DROGA! Infelizmente para mim, ela estava segurando uma das bolas.

De repente, ela começou a correr na minha direção.

Eu me agachei e desviei da bola como uma profissional, até ela conseguir me encurralar em um canto.

"Ha! Agora você não tem mais para onde correr!", ela sorriu. "Toma essa borrachada, sua TONTA!"

Ela jogou a bola em mim e eu abaixei bem na hora. Quando a bola ricocheteou com tudo na parede, ela arregalou os olhos.

"AH, NÃO!", ela choramingou, e logo se virou para tentar escapar.

Mas a bola bateu com tudo bem na bunda dela!

BUM!!

"Você está FORA! Você está FORA!", um garoto gritou todo contente, apontando para ela.

"UHU!!", gritei triunfante enquanto fazia minha "dancinha feliz do Snoopy" bem ali na quadra.

A Jessica foi a PRIMEIRA a sair do jogo!!

Enquanto os outros alunos zombavam dela, eu me encostei na parede para recuperar o fôlego. A Chloe e a Zoey correram animadas na minha direção e me cumprimentaram.

"AI, MEU DEUS!", a Chloe gritou. "Pensei que a Jessica fosse te acertar com certeza!"

"Nikki, respira fundo!", a Zoey disse. "Você parece estar sem fôlego!"

"Eu estou b-b-bem!", falei. "Mas essa passou perto! Eu achei que fosse MORRER!"

Nós estávamos ali fazia poucos segundos. Então, antes que eu pudesse gritar "CUIDADO!!", um grupo de garotos começou a lançar bolas na nossa direção, como se fôssemos ursos de pelúcia gigantes em uma máquina de fliperama ou alguma coisa assim.

AI, MEU DEUS! A gente podia sentir o ar frio quando as bolas passavam perto da nossa cabeça.

A Chloe, a Zoey e eu CONGELAMOS como animais encurralados...

EU E MINHAS MELHORES AMIGAS, SENDO ENCURRALADAS!

"Bom, meninas! Somos nós três contra o mundo! E, na minha opinião, acho que estamos CONDENADAS!", a Chloe resmungou.

"Vamos, pessoal! Não desistam ainda!", a Zoey falou. "Se a gente se movimentar, eles vão ter mais dificuldade em acertar. ESPALHEM-SE! E, seja lá o que vocês fizerem, NÃO. PAREM. DE. CORRER!"

Então disparamos em direções opostas, percorrendo a quadra feito loucas. Corremos em círculos, em zigue-zague e de um lado para o outro. E essa estratégia pareceu funcionar.

Porque, de alguma forma, minhas melhores amigas e eu conseguimos permanecer no jogo. Em pouco tempo, só havia nós três e alguns outros. Foi o máximo de tempo que conseguimos sobreviver em todos os jogos de queimada de que já participamos.

E foi aí que a gente começou a entrar no jogo de verdade. Nós estávamos correndo, pegando e atirando a bola, desviando como verdadeiras atletas olímpicas. Foi muito divertido!...

EU E MINHAS MELHORES AMIGAS, NOS DIVERTINDO DEMAIS JOGANDO QUEIMADA! ☺!!

Até a MacKenzie aparecer do nada e gritar...

"EI, MAXWELL! ENGULA ISTO!"

Ela atirou a bola na minha direção com o máximo de força!

E então...

PAF!

AI, MEU DEUS!

Acertou bem na minha cara!!

Parecia que aquela bola estava vindo a mil quilômetros por hora.

De repente, tudo virou um borrão se movendo em câmera lenta.

Tentei caminhar até o banco, mas minhas pernas pareciam moles como gelatina.

Alguma coisa estava errada.

BEM errada!

A voz das minhas melhores amigas parecia muito, muito distante, quase como um eco.

"NIKIIIIIIII!", a Zoey gritou. "Alguém chama a professoooooora!"

"Ah, nãããããoooo!", a Chloe gritou. "Acho que ela se machucou! Ajuuuudem!"

Minha cabeça estava girando loucamente!

E a quadra também!

Foi quando perdi o equilíbrio e me dei conta de que estava caindo.

E aí tudo ficou preto.

☹!!

DESCENDO RUMO ÀS PROFUNDEZAS
MAIS PROFUNDAS DA ESCURIDÃO

Quando finalmente abri os olhos, estava cercada pela escuridão.

Eu estava totalmente desorientada e tinha uma sensação bem esquisita de borboletas furiosas na barriga. Exatamente a mesma de estar numa montanha-russa.

Na verdade, era como se eu estivesse... caindo?!

SIM! Era isso mesmo!!

AI, DROGA!!

Eu estava CAINDO!!!

E caindo...

E caindo...

E CAINDO ☹!!...

UM LUGAR MUITO ESQUISITO!!

A única coisa de que eu tinha certeza era que eu
NÃO TINHA certeza de mais NADA.

Eu não tinha certeza se na verdade estava
ACORDADA e só PENSEI que estava SONHANDO!
Ou se na verdade eu estava SONHANDO e só PENSEI
que estava ACORDADA!

Eu não tinha certeza do que era realidade e do que
era fantasia.

Eu estava dormindo (acho) quando, de repente, ouvi
vozes.

"Todo mundo se afasta! Deem espaço para ela
respirar!", disse um menino cuja voz não reconheci.

"Você acha que ela está viva?", uma garota perguntou.

"Não tenho certeza. Ela parece meio morta. Olha
como a pele dela está sem brilho e sem vida", outro
garoto respondeu.

Eu fiquei, tipo, "Desculpa aí, cara! Diferente da MacKenzie, eu NÃO sou sócia vitalícia do salão de bronzeamento artificial Você-Custeia-A-Gente--Bronzeia!

LEMBRETE: SEMPRE passar blush e pó bronzeador. Porque a gente nunca sabe quando vai acordar cercado por um grupo de críticos de beleza insensíveis que confundem você com um DEFUNTO!

"Muito bem observado", outra garota concordou. "Para mim, ela também parece MORTA!"

"Ah, tudo bem! Ela tem sorte por ter morrido na queda, antes de ser assassinada pela Bruxa Má do Oeste!", disse o segundo garoto.

"Ei, vamos dar uma olhada nos bolsos dela para ver se encontramos guloseimas", um terceiro sugeriu.

"Boa ideia!", o primeiro garoto exclamou. "Afinal, defuntos não comem guloseimas. Normalmente."

Certo, essa conversa estava, tipo, MUITO esquisita!

75

Foi quando, de repente, abri os olhos. Eu estava totalmente cercada por um grupo de pessoas com o rosto borrado me encarando...

UM GRUPO DE ALUNOS MUITO ESQUISITOS, ME ENCARANDO E ME CONFUNDINDO COM UM DEFUNTO!

"Calma aí!", gritei. "Eu NÃO ESTOU morta! AINDA!"

O grupo alarmado levou mais um susto e se afastou cuidadosamente de mim.

Então eles começaram a sussurrar entre si: "Ela NÃO ESTÁ morta? Não! Nem um pouco morta!"

Eu me sentei devagar e olhei ao redor. Eu estava no chão da quadra.

Mas não fazia ideia de quem eram aquelas pessoas.

Elas eram mais baixas do que eu, usavam roupas esquisitas e estavam cobertas do que parecia... hum...

GULOSEIMAS?!!

Havia docinhos e pipocas presos nos cabelos, manchas de chocolate e pasta de amendoim nas roupas, e as mãos e os rostos estavam melados.

As roupas daquelas crianças tinham mais manchas de comida do que minha blusa nova...

Era como se eu tivesse lançado a tendência de moda "melado chique".

"Bom, pelas balas de coco! Ela está VIVA, afinal!", disse o primeiro deles, sorrindo para mim. "Foi mal! Por favor, aceite nossas mais sinceras desculpas."

"Sem problemas", murmurei ao ficar de pé, ainda meio zonza. "Aff! Não estou me sentindo muito bem!"

"Sei o que vai fazer você se sentir melhor!", uma garotinha disse timidamente. "Que tal um pirulito?"

Na verdade, aquilo me pareceu uma excelente ideia. Eu não tinha comido nada o dia todo e estava morta de fome.

A garotinha pegou um pirulito grudado em seus cabelos encaracolados escuros e o ofereceu a mim.

À primeira vista, o doce pareceu coberto de açúcar cristal. QUE DELÍCIA!!

Mas, examinando de perto, me dei conta de que eram lêndeas e caspas!

Com alguns fios de cabelo!

ECAAAA ☹!!

Forcei um sorriso bem largo para não vomitar...

GAROTINHA MUNCHKIN, ME OFERECENDO UM PIRULITO COBERTO DE CABELOS, LÊNDEAS E CASPAS!

"Nossa! Obrigada, querida! Mas eu acabei de almoçar", menti.

Então o grupo inteiro ficou ao nosso redor, me olhando enquanto comia guloseimas fazendo bastante barulho...

CRIANÇAS MUITO ESTRANHAS, ME OLHANDO ENQUANTO MASTIGAM GULOSEIMAS

"Sou o Batatinha. Prazer!", o primeiro garoto disse finalmente, estendendo a mão. Ela estava toda engordurada e coberta de farelos de salgadinho, mas mesmo assim eu o cumprimentei.

"Oi, eu sou a Nikki! Estou feliz em conhecer você e todos os seus, hum... amigos."

"É um milagre que você tenha sobrevivido àquele martírio!", disse o Batatinha, com a boca cheia de salgadinho.

Dei uma olhada rápida ao redor e percebi que não via NINGUÉM da aula de educação física ali.

"Minha aula já terminou? Nunca vi nenhum de vocês antes. Vocês devem estar no sexto ano", falei.

O que estava acontecendo?

Lembrei vagamente da MacKenzie ATIRANDO a bola no meu rosto durante a partida de queimada. E de ter me sentido zonza e caído.

A Chloe e a Zoey tinham entrado totalmente em pânico, pedido ajuda e...

Espera um pouco!! ONDE estavam a Chloe e a Zoey?!!

Elas tinham simplesmente me deixado ali, caída no chão, e corrido para a próxima aula?!

Era óbvio que nenhum daqueles alunos era da MINHA aula de educação física. Caramba, eu nem sequer lembrava de tê-los visto no meu COLÉGIO!!

De repente, me senti zonza de novo. Onde estava a bendita enfermeira do colégio?

E, mais importante, onde estava a minha professora de educação física?

Talvez ela pudesse explicar o que estava acontecendo. E me dar uma licença, porque obviamente eu estava atrasada para o almoço e provavelmente para a aula de biologia.

Enquanto eu mancava devagar até a porta do ginásio, sentia como se meu rosto todo tivesse sido remontado.

Provavelmente eu estava com os dois olhos roxos, o lábio inchado, um dente lascado E o nariz quebrado ☹!!

Eu estava indo direto à secretaria ligar para os meus pais para ir EMBORA.

"Adeus! E obrigado por dar um jeito naquela bruxa má por nós! Você é nossa HEROÍNA!", o Batatinha disse e os outros concordaram.

Eu parei de repente e me virei devagar.

"Hum, QUE bruxa má? E COMO exatamente eu dei um jeito nela?", perguntei, tentando desesperadamente lembrar o que tinha acontecido. "E hum... QUEM são vocês?"

"Bom, nós somos os munchkins e frequentamos o Colégio da Terra dos Contos de Fadas com todos os outros personagens dos livros de contos. A MacKenzie, a Bruxa Má do Oeste, sempre roubou nossas guloseimas", o Batatinha explicou. "Até VOCÊ chegar!"

"MUNCHKINS?! Você só pode estar brincando!", falei, olhando em volta à procura de câmeras escondidas. "Tudo bem! Isso é PEGADINHA da Chloe e da Zoey para um programa de TV ou alguma coisa assim! Certo?!"

"É bem possível. Mas não conheço nenhum munchkin chamado Chloe nem Zoey. São da realeza, dos renegados ou da ralé?

"Oi?!", eu pisquei, confusa. "Não faço ideia do que você está falando..."

"Sabe como é! Aquelas coisas que aprendemos na aula de introdução à genealogia dos livros de contos!", disse o Batatinha.

"Os da realeza são reis, rainhas, príncipes e princesas", a garotinha do pirulito falou.

"Os renegados são os aventureiros corajosos que ficam na floresta", disse o garoto que mastigava um pedaço de pizza.

"E a ralé são os usuários de magia, como a bruxa!", disse uma garota com a boca cheia de algodão-doce.

"E as fadas também! Elas são as guardiãs da Terra dos Contos de Fadas!", o Batatinha explicou. "Nós, munchkins, somos renegados."

"Vocês NÃO PODEM estar falando sério!", ri com nervosismo.

"Estamos falando MUITO sério. Totalmente!", o grupo respondeu com solenidade.

Minha risada ficou um pouco mais aguda e agitada. Por algum motivo, essa história toda me parecia vagamente familiar.

Então a ficha caiu!

AI, MEU DEUS! Talvez eu estivesse na história do Maravilhoso Mágico de Oz!

Só que ESSES munchkins comiam guloseimas?!! Ou talvez eu estivesse completamente MALUCA!

"Não é possível!", eu arfei quando meu riso se transformou em soluço desesperado. "Isso NÃO pode ser verdade! AI, MEU DEUS! Levei uma bolada na cara da MacKenzie e isso me causou LESÕES CEREBRAIS!!", gritei com histeria.

A garotinha do pirulito me abraçou forte.

"Não se preocupa! Aquela bruxa malvada não vai mais te incomodar. Você deu uma bela lição nela!", ela riu.

"Isso!", o Batatinha concordou. "Você fez purê do traseiro dela!"

"Você fez creme de bruxa!", disse um garoto com um sorvete de casquinha derretendo. "Exatamente assim...!"

Ele demonstrou engolindo a coisa toda de uma só vez, e então arrotou alto.

Fiquei boquiaberta, horrorizada, imaginando que aquele sorvete de casquinha era a cabeça da MacKenzie.

Certo, eu meio que detestava um pouco aquela garota. Mas eu NUNCA viraria uma canibal e comeria a cabeça dela!

Embora eu tivesse certeza de que a cabeça dela era totalmente oca.

Só acho!

"O que exatamente eu fiz com ela?", perguntei, nervosa. "Não me lembro de nadinha!"

"Bom, a bruxa estava bem aqui, nos perturbando e roubando nossas guloseimas. Até você cair do céu e a ESMAGAR!", o garoto da pizza disse.

Certo, eu meio que LEMBRAVA da parte da queda.

Mas não lembrava de nada que tivesse a ver com uma BRUXA.

"Você foi INCRÍVEL!!", o Batatinha falou. "Caiu bem em cima dela! Nós até tiramos fotos. Quer ver?"

"Hum, CLARO!", respondi.

Ele tirou umas fotografias do bolso da jaqueta.

"Aqui está uma foto da bruxa fazendo bullying com a gente. Esse cuecão que ela fez foi bem brutal..."

A BRUXA MÁ DO OESTE, FAZENDO BULLYING COM OS MUNCHKINS PARA ELES LHE ENTREGAREM SUAS GULOSEIMAS!!

Eu não podia acreditar no que meus olhos estavam vendo!

A MacKenzie estava vestida com uma roupa de bruxa muito fashion e fazendo cuecão em dois munchkins! Aí ☹!!

O Batatinha continuou: "E aqui está você, vindo corajosamente nos salvar!"...

EU, CAINDO DO CÉU, PRESTES A ACERTAR A BRUXA MÁ DO OESTE

"E aí... PAF!!", o Batatinha gritou, animado. "Você acabou com ela e nos salvou!!"...

EU, ESMAGANDO A BRUXA!

AI, MEU DEUS! Era verdade! Eu tinha mesmo aterrissado bem em cima da Bruxa Má do Oeste!!!

Eu não teria acreditado em NADA disso se não tivesse visto com meus próprios olhos.

"E a foto final é um registro meu e dos meus amigos acertando as contas com a bruxa", o Batatinha explicou. "Como você pode ver, sou muito bom em desenhar bigodes!"...

OS MUNCHKINS, DESENHANDO UM BIGODE E RABISCOS VARIADOS NA CARA DA BRUXA MÁ DO OESTE

AI, MEU DEUS! Aquela foto dela deitada ali acabou comigo, eu perdi TOTALMENTE o controle!!

"Ah, NÃO! Eu MATEI a MacKenzie!", lamentei. "Foi um acidente. Ai, meu Deus! Ela está... MORTA!! Onde está o c—corpo dela?"

"Provavelmente na enfermaria do colégio", o Batatinha respondeu. "Ela acordou um pouco antes de você. Ela NÃO está morta. Só MUITO brava!"

"Ainda bem! Pelo menos não matei a MacKenzie!", murmurei, me sentindo aliviada.

Eu NÃO era uma assassina! Uhuuu ☺!

"Não! Você só rasgou a calça dela, borrou o gloss, quebrou três unhas, arrancou cinco tufos do aplique dos cabelos e arrancou os sapatos de grife dela!", a garota do pirulito riu.

Para a MacKenzie, sofrer toda essa humilhação em público provavelmente era PIOR que a morte!!

Foi aí que notei um par de sneakers lindos bem no meio da quadra...

OS SAPATOS DE GRIFE SUPERFOFOS
DA BRUXA MÁ DO OESTE!

Eu tive que admitir, aqueles tênis com salto plataforma eram lindos de MORRER!

"Enfim, a bruxa ficou muito brava. Ela disse que ia montar na vassoura e partir para o salão, para um encaixe de emergência a fim de arrumar o cabelo e fazer as unhas, assim que saísse da enfermaria do colégio", o Batatinha explicou.

"Provavelmente teria sido melhor para você matar a bruxa por acidente. Porque agora é bem provável que ela tente matar VOCÊ!!", uma garota com um cupcake disse com tristeza, secando uma lágrima.

"Matar você! Que triste!", os munchkins murmuraram entre si.

"Que maravilha! A última coisa que eu preciso é de uma bruxa má me caçando. Só quero ir para CASA!", choraminguei.

"Bom, você sempre pode pedir a ajuda da Bruxa Boa do Norte!", disse a garotinha do pirulito. "Ela é legal, simpática e poderosa."

"Vou precisar de toda ajuda que conseguir. A Bruxa Má do Oeste parece uma verdadeira rainha do drama", falei, começando a me preocupar.

De repente houve um clarão e todo mundo apontou para o teto...

"Olha! Ali está ela!", o Batatinha exclamou.

"QUEM? A Bruxa Má...?!", engoli em seco.

Ela era a ÚLTIMA pessoa que eu queria ver!

DEFINITIVAMENTE era hora de ir embora.

Onde está o TORNADO quando mais precisamos dele?

☹!!

QUE BRUXA É QUAL?!

Fiquei olhando, espantada, enquanto gotinhas coloridas caíam na quadra e desapareciam no ar.

Eu arfei quando uma garotinha apareceu, usando uma fantasia cor-de-rosa da Princesa de Pirlimpimpim e uma coroa ENORME. Ela estava com uma varinha mágica na mão que era quase maior do que ela.

"BRIANNA?!", gritei, animada. "AI, MEU DEUS! Estou TÃO feliz em te ver! O que você está fazendo na minha aula de educação física? A mamãe e o papai sabem que você está aqui?"

"Ei, muita calma nessa hora, mana!", a Brianna falou, olhando para mim. "Acho que a gente nunca se viu!"

"Claro que já nos VIMOS! Você é minha IRMÃ! Não está me reconhecendo? Você me chamou de mana há um segundo!"

"Na verdade, foi SARCASMO!", a Brianna disse... hum... sarcasticamente.

"Bom, você PARECE muito a minha irmã mais nova!", eu disse, cruzando os braços e olhando desconfiada para ela.

"Desculpa, mas eu NÃO sou! Sou Brianna, a Fada Madrinha, a seu dispor!", ela disse, fazendo reverência. "Também trabalho meio período como a Bruxa Boa do Norte, às terças e quintas." Ela me entregou um cartão de visita rabiscado com giz de cera. Estava escrito...

DESEJOS & FEITIÇOS DA BRIANNA

Você sonha, eu realizo — desde 1583

Brianna, a Fada Madrinha

Também conhecida como
Bruxa Boa do Norte
Presidente e CEO

(555) 555–0111

Então, ela abriu um sorrisão simpático e amigável...

BRIANNA, A FADA MADRINHA E A BRUXA BOA DO NORTE!!

"Uau! Você está no ramo há muito tempo!", exclamei.

"É verdade. São muitos séculos de experiência. E também estou muito bem conservada para a minha idade, não estou?", ela disse, admirando seu reflexo na varinha. "Bom, vamos falar sobre VOCÊ! Minha nova cliente!" Ela apertou vários botões na base da varinha.

De repente, a estrela na ponta apitou e acendeu, como um smartphone.

Ela leu a varinha e olhou para mim enquanto levava o dedo ao queixo, pensativa.

"Hum. Aqui diz que você chegou ao nosso mundo vinda de um universo alternativo. E parece que em algum momento você foi nocauteada", Brianna anunciou casualmente.

"Nossa! Como você sabe disso?!", perguntei, impressionada.

"Simples. Minha smartvarinha calculou de onde você é. A outra parte foi só chute mesmo. AI, MEU DEUS! O que aconteceu? Parece que você levou uma pazada na cara! CREDO!"

Foi quando fiquei simplesmente encarando a garota, totalmente indignada.

Eu NÃO conseguia acreditar que ela estava falando da minha cara daquele jeito, bem na minha... hum, CARA.

Houve um silêncio desconfortável.

Então a Brianna soltou uma risadinha nervosa.
"E aí, Nikki, em que posso te ajudar hoje? O que quiser, é só pedir! No entanto, devo alertar que tratamentos estéticos só têm garantia de doze horas!"

"Bom, no momento, só quero ir para casa! Preciso cuidar da minha irmã mais nova hoje. E estou com uma sensação ruim de que uma bruxa má bem irada vai me caçar muito em breve."

A Brianna deu uma risadinha. "É! Você caiu do céu e BAM!! Foi HILÁRIO! Vi o vídeo no WhoTube. Já virou viral!"

"Espera, você não quer dizer YouTube?", perguntei.

"Não, é WHOTUBE!"

"Mas o nome certo é YOUTUBE."

"Não! É WhoTube, senhorita espertalhona!", a Brianna disse, revirando os olhos para mim.

"Que seja!", respondi.

"Agora preste bastante atenção! A MELHOR maneira de chegar em casa é ir até a secretaria. Quando chegar lá, você vai solicitar um horário para falar com o Grande e Poderoso Mágico de..."

"Oz!", interrompi. "É Oz, certo? Já sei a história!"

"ERRADO!", a Brianna respondeu. "É o Grande e Poderoso Mágico Feroz!"

"FEROZ?! Não é Oz?", perguntei.

"Não! É FEROZ! E, por gentileza, NÃO me interrompa de novo! Se alguém aqui tem o poder de te levar para casa, é o Mágico Feroz, também conhecido como diretor Winston. Ele tem um bloco grosso de PASSES que podem transportar você num passe de mágica para qualquer lugar, com o mero toque de uma caneta. Mas tome cuidado, porque também há advertências e suspensões escondidas ali. Entendeu?"

"Entendi!", respondi, animada.

"Além disso, vou lhe dar este par de sapatos. Eles têm o poder de..."

"Eu conheço a história!", interrompi. "Têm o poder de me levar para CASA! Certo?!"

"ERRADO!! Têm o poder de, num passe de mágica, vestir você com roupas lindas da cabeça aos pés!", a Brianna explicou.

"Ah! É só isso que esses sapatos fazem?", perguntei, meio decepcionada. "Eu esperava que fosse um par daqueles mágicos e brilhantes, como os da Dorothy."

"A Bruxa Má do Oeste é muito vaidosa. Os sapatos DELA não fazem transporte. Só te deixam ESTILOSA. Foi mal!", a Brianna disse.

Então, de maneira bem teatral, ela apontou a varinha para os tênis com salto plataforma.

"Por favor, todo mundo precisa ficar a pelo menos três metros de distância da minha varinha mágica. É só uma medida de segurança para limitar a exposição a partículas mágicas aleatórias."

Todo mundo na quadra se afastou um pouco, e a Brianna deu início a um canto mágico...

"Tênis plataforma,
lindo e que com tudo orna!
Encontre seu novo lar
No... hum...
Onde a Nikki morar!"

Então ela sacudiu a varinha de um jeito exagerado e...

Absolutamente NADA aconteceu! ☹!!

Suspirei e tentei não revirar os olhos.

Seriamente preocupados com o rumo dos últimos acontecimentos, todos os munchkins começaram a sussurrar entre si.

A Brianna, com certeza envergonhada, bateu a varinha na palma da mão impacientemente algumas vezes.

"Vamos LÁ! Coloquei pilhas novas nesta coisa ontem!", ela murmurou.

Eu não queria parecer antipática nem nada, mas meu palpite era que o feitiço estava meio desregulado.

"Hum, você não acha que deveria ter dito 'PÉS' em vez de 'ONDE A NIKKI MORAR'? É só uma sugestão. Você é a especialista em magia aqui!", falei, dando de ombros.

A Brianna franziu o nariz para mim.

"Eu já pensei NISSO, espertinha! Então não me diga como fazer meu trabalho." Ela pigarreou meio alto e tentou o canto mágico outra vez...

"Tênis plataforma,
lindo e que com tudo orna!
Encontre seu novo lar
nos... PÉS da Nikki!"

A Brianna sacudiu a varinha, e dessa vez os sapatos magicamente apareceram nos meus pés.

"Eles pertenciam à Bruxa Má do Oeste, mas agora são todos seus!", ela sorriu com orgulho.

"Obrigada! Mas ela não vai ficar meio irritada por eu estar com os sapatos dela?", perguntei.

"Na verdade, ela vai ficar FURIOSA! Mas vamos encarar a realidade. Você precisa deles muito mais do que ela!", a Brianna disse casualmente.

"Bom, se esses tênis não vão me ajudar a chegar em casa, POR QUE é que eu preciso deles?", resmunguei.

"Porque seus tênis antigos FEDIAM! Quando foi a última vez que você lavou aquelas coisas? Fediam a sardinha e vômito infantil!", a Brianna disse, franzindo o nariz.

Apesar de ter ficado muito ofendida, tive que admitir que a Brianna tinha razão.

Minha mãe estava sempre reclamando da mesma coisa.

Apesar de usá-los diariamente na aula de educação física, fazia um ano que eu não lavava aquele par de tênis.

Já fazia um tempinho que eu precisava de um par decente para a aula de educação física.

Enfim, os tênis novos eram PERFEITOS.

E ficavam ainda mais fofos em mim...

EU, ADMIRANDO MEUS TÊNIS NOVOS!
(BOM, NA VERDADE, OS TÊNIS DA BRUXA!)

Agradeci à minha fada madrinha pela ajuda e me despedi de todos os meus novos amigos munchkins. E então meio que fiquei ali, esperando pacientemente a Brianna usar a varinha mágica de novo.

"Certo, qual é o problema AGORA?", ela bufou.

"Hum... você não deveria me ajudar a encontrar o Mágico Feroz? Tipo, como acontece na história."

"NÃO! Mas parece que VOCÊ está tentando ME dizer como fazer meu trabalho de novo!", a Brianna resmungou.

"Claro que não! E-eu só queria saber como vou encontrar o mágico se não há uma estrada de tijolos amarelos a seguir. Ou talvez você possa criar um daqueles aparelhinhos de GPS."

A Brianna revirou os olhos.

"Simples! A sala dele continua no mesmo lugar de SEMPRE. Saia por essa porta e siga pelo corredor. É a primeira porta à direita!"

"Hum... certo. Obrigada!", murmurei, me sentindo meio idiota.

Então eu virei e me apressei até a porta do ginásio.

Eu pretendia seguir direto até a secretaria do Colégio da Terra dos Contos de Fadas para encontrar o Mágico Feroz. Ele me daria permissão para ir para casa e então eu telefonaria para minha mãe vir me buscar. Ela veria meus olhos tristes e desanimados e, em pouco tempo, eu estaria deitadinha na minha cama quentinha, tomando sorvete e com uma bolsa de gelo no rosto.

É! Eu já estava começando a me sentir melhor.

Meu dia tinha sido uma história de terror sem fim. Mas, muito em breve, minha aventura muito esquisita na Terra dos Contos de Fadas teria um FINAL FELIZ!

☺!!

ONDE ESTOU?

AI, MEU DEUS! Estou SURTANDO totalmente agora! As coisas por aqui estão ficando cada vez mais bizarras.

Saí pela porta do ginásio como minha fada madrinha, a Brianna, tinha mandado. Mas não havia corredor nenhum depois da porta!

NÃO! Só uma FLORESTA ESCURA e ASSUSTADORA!!! ☹!!! E, infelizmente, sou muito ALÉRGICA a florestas escuras e assustadoras!

Eu arfei e pisquei algumas vezes só para ter certeza de que meus olhos não estavam me pregando uma peça.

Então, apavorada, virei e tentei correr de volta para o ginásio. Mas ISSO não era mais uma opção. A porta tinha desaparecido sem deixar rastros! ☹!!

Com a lua cheia, as árvores enormes projetavam sombras fantasmagóricas que tornavam ainda mais difícil enxergar no escuro.

Eu estava me sentindo em um daqueles filmes tenebrosos de psicopatas que meus pais não me deixavam assistir. No entanto, por um lado mais positivo, meus tênis encantados produziram seu feitiço ☺!

Num passe de mágica, eles trocaram minhas monótonas roupas de ginástica por um vestido azul SUPERlindo com avental branco, meia—calça e reluzentes sapatos pretos estilo boneca.

Que, por algum motivo, me pareciam vagamente familiares...

Então me dei conta de que estava vestida como um dos meus personagens preferidos, a Alice de *Alice no País das Maravilhas*. ÊÊÊÊÊ ☺!!!

Mas estou desviando do assunto...

De repente, tive a sensação muito assustadora de que alguém estava me observando. Quando o vento começou a uivar, reconheci dois olhos vermelhos sinistros me encarando ☹!!

Foi quando gritei e comecei a correr pela floresta o mais rápido que pude...

Eu vaguei pela floresta, totalmente perdida, pelo que pareceu...

UMA ETERNIDADE!

E então, com frio, fome e medo, desabei de cansaço na frente de uma rocha enorme.

Como eu sairia desse lugar?!

Foi quando lembrei de repente que tinha uma fada madrinha.

AINDA BEM ☺!!

Pigarreei e sussurrei meio que gritando: "Hum... Brianna! Pode me dar uma ajudinha? POR FAVOR!"

Mas não houve resposta.

Então tentei gritar o mais alto que pude...

"BRIANNA!!! SOCORRO!!"

Mas a única resposta foi um eco muito peculiar:
"BRIANNA, SOCORRO! BRIANNA, SOCORRO! BRIANNA, SOCORRO!"

Logo ficou bem evidente que eu estava totalmente sozinha naquela calamidade.

LEMBRETE:
Encontrar uma NOVA fada madrinha!!

☹!!

Respirei fundo três vezes e tentei me acalmar.

A última coisa de que eu precisava naquele momento era ter um colapso.

Principalmente porque eu já tinha tido três ou quatro no dia.

Por fim, cheguei à conclusão de que provavelmente seria mais fácil sair da floresta de manhã.

Isto é, se eu SOBREVIVESSE à noite, claro ☹!

EU, PERDIDA E SOZINHA NA FLORESTA ESCURA E ASSUSTADORA!!

Então fiquei ali sentada ao lado de uma rocha, olhando para o escuro, abraçando os joelhos e me balançando sem parar, desejando estar em casa com a MINHA família, no MEU quarto, aninhada na MINHA cama quentinha.

E torcendo para que aqueles olhos vermelhos assustadores me encarando não fossem de nenhum animal feroz com dentes muito afiados que COMESSE meninas que levam uma bolada na cara durante a aula de educação física, acordam em outro mundo e acabam perdidas na floresta no meio da noite.

E então eu finalmente caí num sono profundo e nada tranquilo.

☹!!

AMIGOS DE PENAS E PELOS!

Acordei na manhã seguinte com o calor do sol no rosto e o canto agradável dos passarinhos.

A princípio, fiquei espantada e confusa.

Por que meu travesseiro estava duro feito pedra? E como um bando de animais peludos e cheios de penas tinha invadido meu quarto?!

Foi quando de repente todas as lembranças inundaram minha mente, como um maremoto. Eu estava presa em um livro de contos esquisito e precisava voltar para casa!

Eu me espreguicei, fiquei de pé e olhei ao redor.

A floresta estava BEM DIFERENTE do que eu tinha visto na noite anterior.

Não consegui disfarçar um sorriso. Eu me senti uma princesa da Disney ou alguma coisa assim...

AI, MEU DEUS! Todos aqueles animaizinhos adoráveis eram muito simpáticos. Senti vontade de dançar e cantar com eles, como naqueles filmes melosos.

E olha só! Eles me trouxeram um monte de frutas, castanhas e grãos para o café da manhã. O que me deixou MUITO feliz, porque eu estava literalmente MORRENDO DE FOME!!

Ontem eu perdi o café da manhã, o almoço E o jantar.

AI, MEU DEUS! Eu estava TÃO faminta que poderia ter mastigado a casca de uma árvore.

Comi os petiscos deliciosos e enfiei as sobras nos bolsos.

Então agradeci alegremente a todos os meus mais recentes amigos pela generosidade.

Descansada e alimentada, parti para encontrar o caminho de volta para casa.

☺!

PELA FLORESTA

Uma coisa era certa: eu gostava muito mais da floresta feliz e simpática à luz do dia do que da floresta escura e assustadora à noite.

Sabe-se lá como, eu precisava encontrar o Mágico Feroz. Mas eu duvidava de que o escritório dele ficasse no meio da mata.

Tentei não pensar nos "e se".

E se eu não encontrasse o mágico?

E se eu não encontrasse o caminho de volta para casa?

E se eu ficasse presa nesse lugar... PARA SEMPRE?

Depois de uns dez minutos de jornada, avistei um longo caminho de terra batida e decidi seguir por ele.

Eu não tinha percorrido nem um quilômetro quando fiz a descoberta mais INCRÍVEL de todas...

Era a casinha mais fofa que eu já tinha visto!

E obviamente tinha gente morando nela, por causa do gramado bem cuidado e das flores. Eu tinha certeza que as pessoas que viviam ali podiam me ajudar!

Elas provavelmente conheciam o Mágico Feroz. Ou alguém que conhecia o Mágico Feroz.

ASSIM EU ESPERAVA!

E, se tivessem um telefone, eu poderia ligar para minha mãe e dizer a ela para não se preocupar, porque logo eu estaria em casa.

Fiquei muito feliz e aliviada por todo esse FIASCO estar prestes a terminar.

Corri animada até a porta e bati. Mas ninguém atendeu. Bati de novo com mais força, mas, ainda assim, nenhuma resposta. Então bati meio que desesperada.

Foi quando, para minha surpresa, a porta se abriu lentamente. Eu coloquei a cabeça para dentro.

"Olá! Tem alguém aí?", chamei.

Como meio que se tratava de uma emergência, eu entrei para dar uma olhada...

ALGUÉM TINHA COMIDO O MINGAU DA TIGELA MENOR...

ALGUÉM TINHA SE SENTADO E QUEBRADO A CADEIRA MENOR...

E ESSE ALGUÉM ESTAVA DORMINDO NA CAMA MENOR!!

Era uma garota mais ou menos da minha idade, com belos cabelos loiros encaracolados. Mas, quando me inclinei para olhar o rosto dela mais de perto, eu surtei totalmente.

"CHLOE?!! AI, MEU DEUS! CHLOE!!", gritei e a chacoalhei para acordá-la. "Sou eu, a Nikki! Estou TÃO feliz por ver você!"

Assustada, a pobre garota abriu os olhos e se endireitou na cama, me olhando como se eu fosse uma doida.

"Chloe, sou EU! A Nikki! Como VOCÊ veio parar aqui?", soltei. "E quando foi que mudou o cabelo?! Está lindo!"

"Na verdade, meu nome não é Chloe. É Cachinhos Dourados! E acho que a gente não se conhece", a menina disse enquanto me olhava de cima a baixo.

E então um sorriso se abriu lentamente em seu rosto. "Espera aí! Eu RECONHEÇO você! Vestido azul e avental branco. Você é a Dorothy, de O maravilhoso Mágico de Oz, certo? Você sentava na minha frente na aula de como domar animais perigosos dos contos de fadas: leões, tigres e ursos, certo?!"

128

"Na verdade, não! Desculpa, mas..."

"Não? Tem certeza?", a Cachinhos Dourados perguntou, franzindo o cenho para mim. "Hum. Agora eu lembrei! Estávamos no mesmo grupo de estudos de sobrevivência na floresta escura e perigosa: dicas e táticas! O professor Huntsman não é um GATO? Eu não me importaria em reprovar no exame final só para poder ter aula com ELE de novo", ela falou. "Certo, Dorothy?"

"Desculpa, mas eu NÃO SOU A DOROTHY!", eu disse.

A Cachinhos Dourados me encarou e deu um tapinha no queixo, pensativa.

Por fim, sorriu de novo.

"Claro que NÃO! Todo mundo sempre confunde você e a Dorothy. Você é a Alice, de *Alice no País das Maravilhas*, certo? Vestido azul, avental branco! Você e a Dorothy são praticamente gêmeas. Acho que você e eu assistíamos juntas à aula de como comer economicamente na Terra dos Contos de Fadas: por que pagar quando se pode mendigar, pegar, roubar e comer DE GRAÇA?"

"Hum... na verdade, eu NÃO SOU..."

"E como eu pude esquecer?", a Cachinhos Dourados me interrompeu. "Como trabalho final, você engoliu o suco Beba-Me daquela garrafinha. Aí você cresceu uns três metros e depois encolheu até ficar com uns trinta centímetros. Foi INCRÍVEL! Você mereceu muito aquele 10, Alice!"

CACHINHOS DOURADOS, TAGARELANDO E TAGARELANDO E ME CHAMANDO DE ALICE ☹!!

Certo, eu estava começando a me sentir meio frustrada. **Eu não era a Dorothy NEM a Alice!**

"Bom, a história da minha roupa é meio complicada. Posso estar vestida como Alice, mas eu sou mesmo a..."

"Sabe de uma coisa, Alice? Acho que você devia fazer um abaixo-assinado solicitando que o Conselho da Terra dos Contos de Fadas mude a cor da sua roupa. Bom, amarelo é forte demais. E verde é bem escuro! Mas COR-DE-ROSA seria a cor IDEAL! E assim as pessoas iam parar de confundir você com a Dorothy. E aí, você gosta de mingau? Sobraram duas tigelas na mesa. Acho que estou ficando com fome de novo..."

AI, MEU DEUS! A Cachinhos Dourados falava DEMAAAAIIIS!!

"Para ser sincera, Cachinhos, acho que não é uma ideia muito boa. E se os ursos também estiverem com fome? Eles podem ficar meio chateados quando voltarem e descobrirem que o mingau deles desapareceu", falei, começando a ficar preocupada com esse assunto.

"Ursos?! Você disse 'URSOS'?", a Cachinhos Dourados arfou, parecendo muito assustada.

"Sim, foi isso que eu disse! Os Três Ursos vivem nesta casa!", expliquei. "E, se eu me lembro bem dessa história, eles vão chegar a qualquer momento."

"Você tem certeza de que URSOS vivem aqui? Uma pessoa da ralé me disse que aqui era uma pousada nova e que eu podia ficar o tempo que quisesse, já que não era preciso fazer reserva. Mas agora está começando a fazer sentido. O serviço é ruim, a comida é sem gosto, a mobília é barata, não tem camareira e minha cama é meio dura. Como pousada, esse lugar é uma PORCARIA! Da próxima vez, vou ficar no Das Fadas Palace."

A Cachinhos Dourados também RECLAMAVA demais.

"Alguém da ralé? É alguém que usa a magia, certo?", perguntei.

"Foi a Bruxa Má do Oeste, na verdade. O nome dela é MacKenzie e ela está na minha aula de pesquisa em história dos contos de fadas. O Rumpelstiltskin é o professor de história mais CHATO de TODOS OS TEMPOS! A Bela Adormecida cochila praticamente em todas as aulas dele. Mas, para ser sincera, aquela garota cochila em TUDO!"

"Nossa! Parece uma aula muito fascinante!", comentei.

"Bom, mas NÃO é! Depois da Grande Guerra, a Terra dos Contos de Fadas foi dividida em três grupos. Fazem parte da REALEZA os sortudos com a vida perfeita! E eles sempre têm um final feliz. Têm a vida social SUPERativa, com muitas festas, reuniões e casamentos. Ei, eu adoraria ter comida gourmet, criados e um armário cheio de lindos vestidos de seda, e também adoraria ser paparicada o dia todo. A maioria deles é meio mimada, se você quer saber!"

"É, parece que eles se divertem bastante! Dá pra ver por que você se sente assim", eu disse.

"Os RENEGADOS são aventureiros. São corajosos e tentam ajudar os outros. É o que eu sou. Mas eu tô ENTEDIADA pra CARAMBA! Se eu tiver que atravessar outra floresta ou lidar com outro animal selvagem asqueroso, vou GRITAR! Minha vida está MUITO estressante. Os insetos são irritantes, e você já tentou tirar o fedor de um GAMBÁ

133

do cabelo? É quase impossível! E dá uma olhada na nossa roupa! Tenho esse vestido feio de algodão há dois anos. Eu MORRERIA para usar um vestido de veludo e sapatos vermelhos brilhantes por um dia. E a vida amorosa de um renegado não existe, a menos que você curta esses tipos que vivem ao ar livre."

Eu me senti mal pela Cachinhos Dourados. Mas, para ser sincera, ela era muito parecida com o que eu chamaria de tonta.

"E há os da RALÉ. Muitos são usuários de magia egoístas, obcecados por poder e fama. Não têm escrúpulo em machucar os outros para passar na frente. E são VAIDOSOS! Adoram títulos como 'malvado' isso ou 'perverso' aquilo. A vida deles é repleta de perigos, dramas e intrigas.

As fadas usam magia também, mas são bacanas. São responsáveis pela Terra dos Contos de Fadas continuar existindo. Basicamente, estamos TODOS tentando nos dar bem e contar nossa história."

"Bom, não sei por que a Bruxa Má do Oeste enganaria você, Cachinhos", eu disse solenemente. "Mas este lugar

NÃO É uma POUSADA! E acho que a gente precisa DAR O FORA daqui. DEPRESSA!"

EU, EXPLICANDO PARA A CACHINHOS DOURADOS QUE A GENTE DEVIA IR EMBORA ANTES DE OS TRÊS URSOS VOLTAREM PARA CASA!!

E tem mais, sou SUPERalérgica a URSOS famintos!

De repente, ouvimos um rugido alto vindo da cozinha.

"Alguém andou COMENDO o meu mingau!!", rugiu o Papai Urso.

"Alguém andou comendo o MEU mingau também!!", rugiu a Mamãe Urso.

"Alguém andou comendo o MEU mingau! E comeu tudo!", choramingou o Pequeno Urso.

Cachinhos Dourados e eu ficamos paralisadas e olhamos horrorizadas uma para a outra! Os ursos voltaram! ☹!! Em seguida, o rugido alto e irado se aproximou AINDA MAIS de nós, vindo da sala de estar.

"Alguém andou SENTANDO na minha cadeira!", rugiu o Papai Urso.

"Alguém andou sentando na MINHA cadeira também", resmungou a Mamãe Urso.

"E alguém sentou na MINHA cadeira e a quebrou em pedaços!", soluçou o Pequeno Urso.

"Alice, o que vamos fazer?", a Cachinhos sussurrou meio que gritando. "Ainda não fui à aula de animais irados com dentes afiados: um olhar íntimo e pessoal!"

"Bom, hum... a gente sempre pode se esconder?", perguntei, dando de ombros.

"Onde?!! Embaixo DESTA cama?!! Vai ser o PRIMEIRO lugar onde eles vão nos procurar!", a Cachinhos Dourados falou, revirando os olhos.

"SIM! Embaixo da cama!", sussurrei. "Não temos escolha!"

Rapidamente ajeitamos a cama do Pequeno Urso para que não ficasse evidente que alguém tinha dormido ali. Foi quando, horrorizada, me dei conta de que acidentalmente tinha largado algumas das minhas coisas sobre o lençol.

A Cachinhos Dourados apontou e gesticulou sem parar, mas era tarde DEMAIS para tentar recuperar minhas coisas.

Estávamos PERDIDAS ☹! A Cachinhos Dourados e eu logo nos enfiamos embaixo da cama. E, quando espiamos com cuidado, a família urso estava dentro do quarto, a poucos centímetros do nosso esconderijo...

CACHINHOS DOURADOS E EU, ESPIANDO, EMBAIXO DA CAMA!!

"Alguém andou DORMINDO na minha cama!!", rugiu o Papai Urso.

"Alguém andou dormindo na MINHA cama também!!", reclamou a Mamãe Urso.

"Alguém andou dormindo na MINHA cama!", choramingou o Pequeno Urso. Então ele apontou com empolgação. "Mamãe Urso! Papai Urso! Vejam o que AINDA está ali!!"

Os dedos fofos e peludinhos do pé do Pequeno Urso estavam tão próximos que o pelo chegava a fazer cócegas no meu nariz. AI, MEU DEUS! Eu estava me esforçando ao máximo para NÃO ESPIRRAR! Eu fiquei, tipo, AH! AH! AH! ATCH...!

Foi quando a Cachinhos Dourados rapidamente esticou a mão e agarrou a ponta do meu nariz. A boa notícia foi que ela conseguiu conter meu espirro ☺! A má foi que a pressão por NÃO espirrar quase fez meus olhos saltarem das órbitas! AI ☹!!

Os ursos ficaram paralisados OLHANDO para a cama! "Vejam só!", rugiu o Papai Urso.

139

"Inacreditável!", gritou a Mamãe Urso.

"VAMOS COMER TUDO!!", o Pequeno Urso berrou.

Eis o que os Três Ursos encontraram...

OS TRÊS URSOS, ENCONTRANDO MEU ESTOQUE DELICIOSO DE CASTANHAS, GRÃOS E FRUTAS!

"Tenho uma ótima ideia, Papai Urso!", cantarolou a Mamãe Urso. "Por que você e o Pequeno Urso não vão consertar a cadeira quebrada enquanto esquento nosso mingau e preparo uma deliciosa torta de mirtilo com cobertura de mel e amêndoas?"

Então, felizes, os Três Ursos caminharam pesadamente até a cozinha e se ocuparam de suas tarefas.

Assim que a barra ficou limpa (e os ursos estavam devorando uma torta deliciosa), a Cachinhos Dourados e eu saímos por uma janela e desaparecemos na floresta.

Não sei explicar direito, mas por algum motivo eu gosto muito dela, apesar de ela ser meio boboca. Talvez porque ela se pareça e tenha atitudes semelhantes às da minha melhor amiga Chloe. Menos os cabelos loiros encaracolados.

Eu AINDA estou bem ansiosa para ir para casa. Mas também quero saber mais sobre a RALÉ.

Era bem óbvio que um deles tinha tentado enganar minha nova amiga, a Chloezinhos Dourados! Hum... Quer dizer, Cachinhos Dourados!

Ainda bem que aqueles ursos decidiram comer a TORTA feita pela Mamãe Urso no lanche da tarde, em vez de comer a CACHINHOS DOURADOS!

CREDO!!

ALGUÉM quer ver a Cachinhos Dourados MORTA! E esse alguém é a MacKenzie, a Bruxa Má do Oeste!

Não posso nem fazer uma viagem doidona à Terra dos Contos de Fadas sem que essa garota apareça para atrapalhar a minha vida.

E tenho CERTEZA de que ela está tramando um plano mais que diabólico! O que significa que os munchkins, a Cachinhos Dourados e toda a Terra dos Contos de Fadas podem estar correndo um grande perigo.

E, como estou PRESA aqui na ~~Terra dos Contos de Fadas~~ Terra de Loucos por enquanto, não tenho escolha a não ser tentar detê-la.

!!

DE VOLTA À FLORESTA!

A Cachinhos Dourados e eu logo nos tornamos amigas. Eu contei minha história para ela e expliquei que estava tentando, desesperadamente, voltar para casa.

Apesar de não conhecer o Mágico Feroz pessoalmente, ela se ofereceu para me ajudar a encontrá-lo. Claro que fiquei MUITO feliz por isso! A Cachinhos Dourados disse que era o mínimo que podia fazer depois de eu ter salvado sua vida.

Mas primeiro ela tinha que preencher um relatório de incidente a respeito dos Três Ursos no Conselho da Terra dos Contos de Fadas.

Ela também explicou que um poderoso usuário de magia tinha começado a interferir nos contos de fadas e que o Conselho da Terra dos Contos de Fadas queria que esse alguém parasse antes que sérios danos fossem causados.

Concordamos em nos encontrar em uma hora em um lugar chamado Casa de Chá do Chapeleiro Maluco. Ficava em um pequeno vilarejo à margem da floresta, a pouco mais de um quilômetro.

Eu estava no caminho fazia mais ou menos quinze minutos quando notei uma silhueta à minha frente. Era uma garota, e ela estava usando uma capa vermelha com capuz e carregando um cesto pequeno nas mãos. Talvez ela conhecesse o Mágico Feroz. E perguntar não ia doer nada.

Eu me apressei, disparando atrás dela com o máximo de velocidade. Mas logo ela desapareceu dentro de uma casinha.

Eu fiquei, tipo, QUE MARAVILHA ☹!!

Invadir propriedades privadas estava se tornando um novo passatempo bem perigoso. Eu mal tinha sobrevivido ao encontro com a família de ursos.

No entanto, como era meio que uma emergência, decidi entrar. Quando finalmente consegui avistar a garota, não pude acreditar no que meus olhos estavam vendo! Ela era igualzinha a minha melhor amiga ZOEY!...

Tudo bem. Se a Zoey estivesse com uma capa vermelha, um vestido retrô, botinhas descoladas e com um cesto fofo nas mãos.

Aparentemente, a garota estava visitando a avó. Mas então o bate-papo ficou... hum, ESQUISITO!

Mais esquisito do que as conversas que tenho com a MINHA avó (que costumam ser bem esquisitas!).

"Vovó, que OLHOS grandes a senhora tem!"

"É pra te VER melhor, querida."

"Vovó, que ORELHAS grandes a senhora tem!"

"É pra te OUVIR melhor, querida."

De qualquer modo, era bem óbvio que a Chapeuzinho Vermelho precisava de óculos ou alguma coisa assim, porque a AVÓ dela não tinha nada a ver com nenhuma avó que eu já vi na vida.

Não quero ser grosseira nem mal-educada nem nada, mas a avó dela era meio esquisitona.

Tudo bem, vou ser sincera. A mulher era HORROROSA!!...

146

EU, NOTANDO QUE A VOVÓ
PRECISAVA DEPILAR... O CORPO TODO!!

"Vovó, que NARIGÃO a senhora tem!"

"É pra CHEIRÁ-LA melhor, querida!"

"Vovó, que DENTÕES a senhora tem!"

"É para DEVORÁ-LA melhor!! GRRRR!!!"

E, com isso, o lobo saltou da cama direto para cima da Chapeuzinho Vermelho.

Tudo bem, eu sabia que devia haver um caçador ou alguém que apareceria no último minuto para salvar o dia no conto de fadas. Mas ninguém apareceu.

"Fada madrinha! Por favor, ME AJUDE!", gritei, rezando para que ela aparecesse. Mas não tive sorte.

Resmungando e mostrando os dentes afiados, o lobo disparou pela porta atrás da qual eu estava escondida.

Ele estava prestes a atacar a pobre e indefesa Chapeuzinho Vermelho e acabar com ela...

O LOBO MAU, ATACANDO A POBRE CHAPEUZINHO VERMELHO!

Foi quando entrei em PÂNICO e fiz a primeira coisa (IDIOTA) que apareceu na minha cabeça...

EU, PUXANDO O RABO DO LOBO COM TODA FORÇA NUMA TENTATIVA DESESPERADA DE SALVAR A CHAPEUZINHO VERMELHO!!

Mas acho que devo ter puxado um pouco forte demais ou alguma coisa assim, porque ouvi um SNAP alto, e então...

EU E O LOBO, CAINDO NO CHÃO QUANDO O RABO DELE SE SOLTOU!

EU E O LOBO, AMBOS MUITO CHOCADOS E SURPRESOS AO VER O RABO DELE NA MINHA MÃO ☹!

Claro que, depois que o lobo superou o choque inicial, tomou uma atitude em relação à coisa toda. Apesar de ter ficado bem claro que tinha sido um acidente.

"Olha o que você fez, sua... sua... MONSTRENGA!!", ele gritou comigo. "Tenho sorte de ter sobrevivido a um ataque tão cruel. Você é uma psicopata e precisa de ajuda!"

"Ah, É MESMO?! Então o monstro aqui sou eu?!", gritei de volta. "Há um minuto VOCÊ estava se gabando dos dentões e tentando COMER a Chapeuzinho Vermelho. Depois de se vestir como a AVÓ dela, ainda por cima! Desculpa, cara, mas é VOCÊ quem precisa de uma terapia bem SÉRIA."

Então, ele ficou bem na minha frente, tão perto que eu conseguia sentir seu bafo fedorento de Lobo Mau.

De repente, compreendi totalmente como ele tinha conseguido soprar e bufar e derrubar as casas dos coitados daqueles Três Porquinhos.

AI, MEU DEUS! O bafo dele era HORRÍVEL mesmo!!! ☹!!

"Escuta aqui, Dorothy, se você sabe o que é bom para tosse, fique longe da minha ÁREA na floresta!! Ou você vai se arrepender! E NÃO é uma ameaça, é uma PROMESSA!!", ele rosnou para mim. Literalmente.

"Eu NÃO sou a Dorothy! E VOCÊ não passa de um VALENTÃO!"

"Tá bom, então, humm... ALICE!! É melhor você olhar por onde anda!"

"Também NÃO sou a Alice!", gritei de volta.

"Bom, mas devia ser! Você está usando o vestido FEIO dela. Eu particularmente não usaria isso NEM MORTO, ainda mais com esses sapatos horrorosos!"

"Ei, você tem se olhado no espelho, Lobinho? Você está usando um vestido de vó com flores horrendas e uma touquinha combinando. Se eu fosse você, não sairia por aí dando dicas de moda", falei.

Então ele revirou os olhos, puxou o rabo da minha mão e saiu pisando duro pela porta da frente.

EU E A CHAPEUZINHO VERMELHO, RINDO DE TODO AQUELE FIASCO!

"Você salvou a minha vida! Como vou poder te agradecer, Dorothy?! Quer dizer.... Alice! Ou seja lá como for o seu nome..."

Fiquei totalmente surpresa quando ela me deu um abração.

"Ei, você quer comer alguma coisa? É um sanduíche de pasta de amendoim e geleia. A vovó... quer dizer, o lobo... não comeu."

"Fico muito feliz por ter ajudado", falei. "E obrigada pela comida. Mas, depois de ontem, não tô muito mais nessa de sanduíche de pasta de amendoim e geleia. É uma história longa e complicada. Mas você sabe onde posso conseguir um cheeseburguer triplo, com batata gigante e uma bebida enorme?"

"Minha nossa! Que BAITA apetite VOCÊ tem!! Poderia ser um dos TRÊS PORQUINHOS!", ela soltou.

Eu apenas ignorei o pequeno comentário. Tinha outra coisa meio que me incomodando.

"Hum... como você não percebeu que o lobo NÃO ERA sua avó?", perguntei a ela.

"Na verdade, eu não estava visitando a MINHA vó. Só estava entregando uma cesta de comida para a avó de uma das pessoas da ralé", a Chapeuzinho Vermelho explicou.

"Bom, quem quer que tenha mandado você aqui está geneticamente ligado à família canina, ou estava tentando te transformar em um lanchinho da tarde. Estou muito preocupada com o fato de que alguém pode estar querendo pegar você e a Cachinhos Dourados!"

Foi quando a Chapeuzinho Vermelho arfou e disse: "A Cachinhos Dourados é minha amiga! Nós duas estamos em perigo?" Então ela levou a mão ao coração e deu um gritinho: "Ai! Meu! Deus!"

Alguém tinha tentado assassiná-la, e a ficha FINALMENTE parecia estar caindo.

Mas então ela soltou: "Minha nossa, que PÉS ENORMES você tem, Dorothy! Quer dizer, Alice!"

Claro que fiquei altamente ofendida com aquele comentariozinho insensível. Mas me dei conta de que ela só tinha dito aquilo porque meus sapatos encantados faziam meus pés parecerem bem maiores ou alguma coisa assim.

De qualquer modo, convidei a Chapeuzinho Vermelho para acompanhar a Cachinhos Dourados e a mim em um chá na Casa de Chá do Chapeleiro Maluco.

Eu tinha certeza de que encontraríamos o tal Mágico Feroz.

E ele poderia me ajudar a voltar para casa.

☺!!

A CASA DE CHÁ DO CHAPELEIRO MALUCO

A Chapeuzinho Vermelho e eu encontramos a Cachinhos Dourados na Casa de Chá do Chapeleiro Maluco, um curioso café perto da floresta.

O dono do lugar era um rapaz simpático, porém excêntrico, chamado Chapeleiro Maluco, devido à sua grande coleção de chapéus esquisitos.

Quando ele se aproximou da nossa mesa para fazermos o pedido, não pude deixar de olhar para ele em choque.

Primeiro de tudo, ele tinha um rato de estimação que levava de um lado para o outro em uma pequena bandeja, e — olha isso — eles estavam usando jaquetas iguais. (O que, aliás, também explicava seu nome, porque obviamente esse cara era meio... hum... MALUCO!)

E, segundo, ele era igualzinho ao meu amigo Theodore Swagmire III! O que não era tão surpreendente assim, já que praticamente TODO MUNDO na Terra dos Contos de Fadas era parecido com alguém que eu conhecia...

CACHINHOS DOURADOS E CHAPEUZINHO VERMELHO, OLHANDO SEM PODER ACREDITAR PARA O RATO, ENQUANTO EU ENCARO O CHAPELEIRO MALUCO, QUE É A CARA DO THEO SWAGMIRE!

"Bem-vindas à Casa de Chá do Chapeleiro Maluco, garotas! Posso anotar o pedido de vocês?", ele perguntou.

"Olá!", eu disse. "Gostaria de tomar um chá de limão com mel e comer cookies de limão, por favor!"

"Certo! E para você, senhorita?", ele olhou para a Cachinhos Dourados.

"Bom, quero um chá de framboesa. Mas não muito quente! E nem frio demais! Acho que morno seria perfeito. E, deixe-me ver, os cookies de pasta de amendoim são duros demais. Mas os cookies à moda antiga são macios demais. Os doces de canela provavelmente são fortes demais, e os biscoitos de baunilha, suaves demais. Então acho que vou querer os cookies com gotas de chocolate. Assim fica perfeito!"

"Muito bem! E para a senhorita?", ele perguntou, apontando com a cabeça para a Chapeuzinho Vermelho.

"Bom, eu gostaria de discutir umas coisinhas antes de fazer meu pedido", a Chapeuzinho Vermelho respondeu.

"Claro! Pode falar!", o Chapeleiro Maluco sorriu.

"Não pude deixar de reparar no seu GRANDE chapéu!"

"Sim, é da minha cor preferida: verde. Foi um presente de desaniversário que ganhei da minha irmã."

"E que ratinho FOFO você tem!"

"Eu o tenho desde que era criança. Ele vai comigo para todos os lados. E adora mordiscar queijos e morangos."

"Certo, e que chaleira LINDA você tem!"

"Obrigado! Pertencia à minha avó. Eu a amo demais. Ela é doce como açúcar!"

Eu estava começando a me perguntar por quanto tempo a Chapeuzinho Vermelho pretendia interrogar o Chapeleiro Maluco. Mas então ela balançou a cabeça e sorriu.

"Obrigada pelos comentários! Vou querer o chá verde com muito açúcar e os cookies de cheesecake de morango."

AI, MEU DEUS!

Nosso chá com biscoitos estava DELICIOSO!...

CACHINHOS DOURADOS, CHAPEUZINHO VERMELHO E EU, TOMANDO UM CHÁ SUPERDIVERTIDO!

Quando a gente estava quase terminando, três garotas entraram na casa de chá, com dois acompanhantes e cinco guardas da realeza...

Elas estavam usando vestidos lindos e sapatos e joias muito finos.

Assim que viram a Cachinhos Dourados e a Chapeuzinho Vermelho, as garotas imediatamente se aproximaram e deram abraços e beijinhos sem encostar.

Fiquei SUPERanimada quando a Cachinhos Dourados me apresentou para elas. "Rapunzel, Branca de Neve e Bela Adormecida, quero que vocês conheçam minha nova amiga..."

Foi quando percebi que a Rapunzel era parecida com a minha amiga Marcy, a Branca de Neve se parecia com a minha amiga Violet e a Bela Adormecida, com a minha amiga Jenny. Eu não conseguia parar de olhar para elas.

A Cachinhos Dourados continuou: "O nome dela é..."

"Dorothy!", as três gritaram juntas.

"Eu reconheceria esse vestido em qualquer lugar", a Rapunzel gritou.

"Hum, não! Ela NÃO é a Dorothy", a Cachinhos Dourados falou. "O nome dela é..."

"ALICE!", as três garotas soltaram juntas.

165

"O vestido te entrega!", comentou a Branca de Neve.

"Desculpa, pessoal! Sei que o vestido azul e o avental branco confundem um pouco. Mas meu nome é Nikki. É um prazer conhecer todas vocês."

As três garotas me encararam, trocaram olhares, e então me encararam de novo.

"Oi, Nikki!", a Bela Adormecida disse. "Não conhecemos você. Em qual conto de fadas você está?"

"Na verdade, em NENHUM!"

"Sério?", a Rapunzel perguntou com uma cara confusa. "Isso é muito estranho. TODO MUNDO na Terra dos Contos de Fadas tem uma história! Você já preencheu um formulário no Conselho da Terra dos Contos de Fadas? Eles têm quarenta e oito horas para lhe dar uma história."

"Sim, é bem simples", a Branca de Neve comentou. "Você só precisa dizer se é ralé, renegada ou realeza, e eles vão dar um jeito."

"Na verdade, não sou nada disso", expliquei. "Acabei vindo parar aqui por causa de um acidente bizarro, e estou tentando voltar para casa. Estou vagando pela floresta há quase dois dias. Então é bem óbvio que eu sou uma..."

"RENEGADA!", as três gritaram, animadas.

"Sem dúvida!", a Rapunzel falou.

"Com certeza!", a Branca de Neve disse.

"Totalmente!", a Bela Adormecida concordou.

"PERDIDA!", eu disse, começando a ficar um pouco irritada. "É bem óbvio que estou PERDIDA!" Mas eu entendi por que aquelas garotas disseram isso, já que eu estava vagando pela mata e tudo.

"Nikki, você tem MUITA sorte!", a Rapunzel se emocionou. "Pelo menos você tem sua independência e é tratada como uma jovem adulta. Quando não estou trancafiada em uma torre idiota ENLOUQUECENDO, não consigo ir a lugar nenhum sem um acompanhante real. Por que é que eu preciso de uma babá bem paga? E olha para mim! Todo dia é um dia RUIM para os meus cabelos. Eu adoraria fazer um corte SUPERfofo, mas, em vez disso, me arrasto por aí com uma trança de cinco metros. Você tem ideia de quanto tempo demoro para lavar e secar meu cabelo? Dezenove horas! Sou uma adolescente, mas passo a maior parte do tempo cuidando do cabelo."

"Nossa, é melhor nem comentar!", a Bela Adormecida reclamou. "Nossa vida é minuciosamente gerenciada por reis, rainhas, príncipes e até bruxas que nunca vimos. Recebemos ordens o tempo todo. Faça isso! Faça aquilo! Morda a maçã! Fure o dedo! Durma! Acorde! Solte os cabelos! Estamos muito CANSADAS e de SACO CHEIO de receber ordens. Eu particularmente preferiria viver em uma casinha fofa feita de doces, e não em um castelo enorme. E, nas manhãs de sábado, eu só quero dormir algumas horinhas. NÃO por CEM ANOS!! Tipo, quem faz ISSO?!"

"Eu trocaria de lugar com vocês sem pestanejar", a Branca de Neve soltou. "Estamos cansadas de beijar príncipes, beijar sapos e beijar sete anões. E, se eu for OBRIGADA a participar de mais uma festa CHATA, vou socar alguém. Não tenho tempo para mim! Eu daria qualquer coisa para relaxar sozinha e sossegada na floresta sem uma bruxa má tentando me envenenar com uma maçã!"

A Chapeuzinho Vermelho, a Cachinhos Dourados e eu ficamos só OLHANDO para aquelas garotas, sem acreditar. Quem poderia imaginar que a vida de uma princesa fosse tão PÉSSIMA?!...

RAPUNZEL, BRANCA DE NEVE E BELA ADORMECIDA, RECLAMANDO DE COMO É PÉSSIMO SER UMA PRINCESA!

Então a realeza achava que os renegados tinham uma vida perfeita. E os renegados achavam que a ralé tinha uma vida perfeita.

E acho que alguns da ralé provavelmente também se sentiam da mesma maneira.

Parecia que todo mundo achava que todos os outros é que tinham a vida PERFEITA. Vai entender!

Foi quando uma lampadazinha se acendeu na minha cabeça e eu tive uma ideia BRILHANTE!

"Ouçam bem! Se vocês estão tão infelizes assim com o modo como as coisas são, por que simplesmente não mudam um pouco a coisa toda?"

"O QUÊ?", as cinco arfaram.

"Por que não trocam de história ou talvez até a dividam um pouco? Tenho a impressão de que os renegados adorariam ir a uma festa ou tomar um banho de espuma. E parece que vocês da realeza adorariam curtir um pouco a floresta ou partir para uma aventura. Então façam isso!"

Foi quando as cinco garotas começaram a gritar animadas, pulando sem parar.

Elas AMARAM a minha ideia!

"Mas e o Conselho da Terra dos Contos de Fadas?", a Bela Adormecida perguntou. "Há regras muito rígidas a respeito de quais personagens entram em quais contos. Poderíamos nos meter em grandes problemas!"

"E o que importa, desde que a história seja contada?", a Chapeuzinho Vermelho questionou.

"Além do mais, como é que eles vão saber? Vai ser NOSSO segredo!", a Branca de Neve acrescentou.

"Bom, quando o Conselho vir que o novo modo de fazer as coisas funciona E que todo mundo está mais feliz, tenho certeza que vão concordar", falei.

Eu tinha uma sensação muito boa de que em breve a Terra dos Contos de Fadas se tornaria um lugar muito melhor! Nós seis demos um abraço coletivo, comigo no meio, para celebrar um novo futuro, brilhante e animador...

AS GAROTAS DA REALEZA, RENEGADAS E EU, NOS ABRAÇANDO!!

"Obrigada por NOS ajudar, Nikki. Mas AGORA precisamos ajudar VOCÊ a voltar para casa!", a Chapeuzinho Vermelho disse.

"Bom, minha fada madrinha sugeriu o Mágico Feroz", falei. "Mas não consegui encontrá-lo."

"Espera um pouco!", a Bela Adormecida bocejou, animada. "Todos os anos, o mágico participa do Baile da Primavera organizado pelo Rei e pela Rainha Encantados no castelo deles. E quer saber? Acho que vai ser HOJE À NOITE!"

"Você tem razão!", a Branca de Neve disse. "É só para convidados da realeza. Mas, como estamos cansadas da cena social real, não confirmamos presença. Então, infelizmente, NÃO estamos na lista de convidados. Mas talvez possamos tentar COLOCAR você lá dentro!"

"Não! Isso seria perigoso demais!", eu disse. "A última coisa que quero é que vocês corram o risco de ser pegas e punidas por me ajudar! Vou ter que fazer isso sozinha."

Depois de muita discussão, as cinco garotas relutantemente concordaram comigo.

Nós nos despedimos e então comecei a jornada de três quilômetros até o Reino do Norte, que era comandado pelo Rei e pela Rainha Encantados.

Eu não fazia ideia de como entraria no castelo para participar do baile. E, mesmo que fizesse, qual era a possibilidade de eu convencer o Mágico Feroz a me ajudar, uma completa desconhecida?

As chances de o meu plano dar certo eram quase nulas.

Mas, se eu tinha o mínimo de esperança de voltar para casa, o fracasso NÃO era uma opção!

☹!!

ABÓBORAS E RATOS

Quando finalmente cheguei ao Castelo Encantado no Reino do Norte, o baile real já tinha começado.

O castelo de pedras cor de creme era ainda mais maravilhoso do que eu tinha imaginado. Ele contava com sete torres enormes, com telhas coloridas que brilhavam como joias ao pôr do sol.

Pelo menos trinta e seis guardas cuidavam do exterior do castelo.

Tentar passar despercebida por eles seria quase impossível. Eu devo ter parecido muito suspeita ou alguma coisa assim, porque um deles se aproximou marchando e me encarando.

"Com licença, senhorita! É preciso ser convidado para entrar no baile real. Então, por gentileza, se retire. Não quero ter que prendê-la por vadiagem ou invasão de propriedade real!", ele vociferou.

AI, MEU DEUS! Eu reconheceria aquela cara feia em qualquer lugar.

Era o sr. Ranzinza, o segurança do show dos Bad Boyz! Mas no crachá dele estava escrito Sir Ranzinza do V Batalhão Real.

A última coisa de que eu precisava naquele momento era ser presa por um guarda real fanático. Então voltei rapidamente pelo caminho de onde vim. E, quando ninguém estava olhando, entrei por uma porta aberta no estábulo real e me escondi em uma baia vazia.

Eu me joguei em um monte de feno e afastei as lágrimas de frustração. Se houve um momento em que precisei de uma fada madrinha, era aquele.

"BRIANNA! Por favor, me ajuda! É uma emergência!", eu sussurrei meio que gritando em desespero.

Prendi a respiração e esperei. **Mas nada da Brianna!**

No entanto, consegui chamar a atenção de três cavalos em baias próximas, que me olharam com curiosidade.

Eu devia estar escondida no estábulo havia algumas horas e devo ter cochilado ou alguma coisa assim. Porque, quando me dei conta, alguém estava dando uns tapinhas de leve no meu ombro.

Eu imediatamente entrei em pânico! Pensei que o sr. Ranzinza tinha descoberto meu esconderijo e estava prestes a me prender por invasão de propriedade real.

Mas, quando abri os olhos, um rosto sorridente com olhos brilhantes estava a cinco centímetros do meu nariz...

EU, CHOCADA E SURPRESA
COM UMA VISITANTE INESPERADA!

Pisquei algumas vezes e, quando meus olhos finalmente se focaram, vi que se tratava da Brianna, minha fada madrinha!

"AI, MEU DEUS! Brianna!", fiquei com cara de boba. "Onde você estava?"

"Desculpa, eu me atrasei! Fiquei presa no trânsito", ela brincou.

"Ainda bem que você está aqui!", falei.

Ela deu uma olhada no relógio. "Bom, vou virar uma fada do dente sem dentes! São quase onze horas!", ela exclamou. "Precisamos fazer você entrar naquele baile real antes da meia-noite!"

"Certo! Pode me deixar deslumbrante!", soltei um gritinho entusiasmado. "E, caso tenha um príncipe gatinho por lá, quero que o vestido seja curto... mas não tão curto assim. E brilhante... mas não tão brilhante assim. E..."

"Shhh! Eu sou a profissional aqui!", a Brianna disse, parecendo irritada. "Me deixe fazer meu trabalho!"

"Desculpa! É que eu tô muito ansiosa", eu disse. "Manda ver."

"Obrigada!", a Brianna respondeu enquanto erguia a varinha mágica para cantarolar: "Alakazoo! Alakazão! Quero um vestido que seja puro glamour e ostentação!"

Com uma nuvem de fumaça, fui transformada. Olhei para o meu vestido e arfei...

EU, EM CHOQUE, PORQUE MEU VESTIDO ERA QUASE TODO FEITO DE PRESUNTO

Eu estava vestida com presunto e outros tipos de embutidos da cabeça aos pés. Meus brincos e pulseiras eram de almôndegas.

"Hum... tenho a sensação de que eu deveria ser servida com pão e maionese", comentei.

"Não, varinha idiota. Eu disse OSTENTAÇÃO, não PRESUNTÃO!", a Brianna censurou.

"Então, hum... é este o vestido que vou usar?", perguntei.

"Espera um minuto. Ah! Aqui está o problema", a Brianna riu sem graça. "Esqueci de acionar o reconhecimento de voz."

Ela mexeu na varinha e então falou:

"Testando! Um, dois, três! Essa coisa está ligada? Beleza. Vamos tentar de novo! Blá-blá-blá, queremos um vestido que seja pura ostentação!"

"Aí sim! Não quero me gabar nem nada, mas esse vestido é MAGNÍFICO!", a Brianna se gabou. "E aí, o que achou do seu novo look? Ah, espera um pouco. Você precisa de um espelho!"

PUF!

Brianna fez um espelho aparecer.

Dei uma olhada no meu reflexo e arfei.

"Uau! Estou linda!"

Rodopiei com o vestido. "Obrigada!"

"Sem problemas. Mas temos que correr! Ainda preciso arrumar o cavalo e a carruagem!"

Atrás do estábulo havia um pequeno rato mordiscando uma abóbora.

"PERFEITO!", a Brianna exclamou. "Agora, dê um passo para trás e fique impressionada com o meu incrível poder!"

PUF!!

O feitiço NÃO deu muito certo!...

EU, NEM UM POUCO IMPRESSIONADA COM O MEU CAVALO E A MINHA CARRUAGEM!

AI, MEU DEUS! A Brianna ficou TÃO envergonhada!

"Não se preocupe, Brianna!", eu disse, tentando fazê-la se sentir melhor. "Na verdade, o castelo é bem ali. Não preciso de cavalo e carruagem."

"Tem certeza? Eu só preciso fazer uns pequenos ajustes na minha varinha."

"Na verdade, posso ir caminhando. Eu preciso me exercitar!"

"Ótima ideia!", a Brianna disse, jogando a torta de abóbora e o mouse para trás. "Além do mais, é sempre bom fazer exercício!"

Agarrei a Brianna e a abracei com força! "Eu agradeço muito, muito, por tudo. Vou encontrar o Mágico Feroz e ele vai me levar para casa rapidinho!", falei animada.

"Mande um abraço para o rei e para a rainha. Ah! E lembre-se: o encanto termina à meia-noite, quando o relógio der..."

"Doze badaladas! Sim! Conheço a história!", eu a interrompi. "Obrigada de novo, e tchau!"

Então disparei em direção à entrada do castelo o mais rápido que meus sapatinhos de cristal permitiram. ☺!!

NO BAILE REAL

Eu mal conseguia acreditar que estava indo ao baile no Castelo Encantado!

Apesar de o meu objetivo principal ser encontrar o Mágico Feroz, pensar em estar no meio da realeza era SUPERempolgante.

Quando me aproximei da entrada principal, todos os guardas me viram.

Foi quando lembrei que NÃO TINHA convite. O que significava que ainda havia uma chance de eu ser presa por invadir a propriedade real. Que maravilha ☹!!

Respirei fundo e passei bem rápido pelos guardas parados diante das portas enormes, enquanto o ~~Sir~~ Sir Ranzinza me olhava desconfiado.

Quando entrei no salão, aproximadamente trezentos convidados, vestidos com os trajes mais finos, me encararam, apontaram e sussurraram...

EU, FAZENDO MINHA ENTRADA TRIUNFAL NO BAILE

O salão enorme era ainda mais lindo do que eu tinha imaginado. Havia uma escada grandiosa com piso de mármore branco.

Tapeçarias bonitas revestiam as paredes, e dois candelabros enormes, com dezenas de velas, estavam no meio do salão. A orquestra real tocava uma valsa.

Eu estava andando pelo salão havia dez minutos, tentando encontrar um cara de meia-idade que pudesse ser o mágico, quando um jovem se aproximou de mim.

"Com licença, senhorita. Eu me sentiria honrado se me concedesse esta dança!"

AI, MEU DEUS! Eu quase desmaiei ali mesmo!

Eu estava fitando os lindos olhos castanhos de uma versão elegante em forma de príncipe do BRANDON ROBERTS!

Quando ele segurou minha mão, eu sorri com nervosismo e fiquei muito vermelha. Como eu SEMPRE fico quando estou perto do meu paquera, o Brandon...

EU, SURTANDO PORQUE O BRANDON ME TIROU PARA DANÇAR!!

"Sou o príncipe Brandon. É um prazer conhecê-la."

"Oi, eu... eu... sou a Nikki", gaguejei.

"Bem-vinda ao Castelo Encantado, princesa Nikki!", ele sorriu. "E então, de onde você é?"

Eu NÃO podia acreditar que o Brandon tinha acabado de me chamar de princesa Nikki! Parecia que eu estava em um conto de fadas ou alguma coisa assim.

Espera! Eu ESTAVA mesmo em um conto de fadas! ÊÊÊÊÊ ☺!!

"Bom, eu não sou do seu mundo... hum, quer dizer, do seu reino", respondi.

"Então, o que a traz aqui, Vossa Alteza? Está visitando familiares ou amigos?"

"Na verdade, estou procurando uma pessoa. É um assunto pessoal muito importante. Talvez você o conheça."

A decepção ficou clara no rosto do Brandon.

"Então, seus pais arranjaram um casamento para você? Se for isso, desejo o melhor aos noivos. Ele é um cara de muita sorte."

"NÃO! Não tem nada a ver com isso, não!", eu ri. "Estou procurando o Mágico Feroz."

"É mesmo? O Mágico Feroz? Posso saber o motivo?"

"É sobre, hum... coisas da minha viagem. De volta para... o meu reino. Me disseram que ele estaria aqui esta noite", eu disse, olhando ao redor.

"Na verdade, ele é um conhecido dos meus pais. Acho que eles disseram que ele foi chamado para resolver uma questão importante para a Rainha de Copas."

"Então o mágico NÃO está aqui?", perguntei, tentando esconder a decepção.

"Não. Mas, se for importante para você encontrá-lo, talvez eu possa acompanhá-la até o castelo da Rainha de Copas. Vou pedir aos guardas reais que preparem uma carruagem assim que você estiver pronta. São apenas três quilômetros a oeste daqui", o Brandon falou, me olhando fixamente.

Fiquei muito feliz com a oferta do príncipe Brandon. Mas, se/quando o Sir Ranzinza descobrisse quem eu realmente era, ELE me acompanharia... direto para a masmorra real por invasão de propriedade!

A última coisa que eu queria era que o príncipe Brandon se metesse em problemas tentando ME ajudar.

"Obrigada! Agradeço muito pela oferta generosa, mas não vai ser necessário", falei. "Se são só alguns quilômetros, posso ir andando."

O Brandon estreitou os olhos para mim. "ANDAR?! Sozinha?! Pela floresta?! Tem certeza? A maioria das princesas nunca pensaria em fazer uma coisa dessas."

"Passear pela floresta pode ser bem empolgante!", sorri. "Bom, pelo menos durante o dia!"

"Bom, se mudar de ideia, é só me dizer. Seria minha chance de viver algo empolgante na vida", ele suspirou.

"Tem tanta coisa para explorar fora dos muros do palácio... Mas é impossível, já que estou sempre acompanhado de oito guardas reais. Meus pais insistem nisso! Estou de saco cheio das minhas tarefas comuns de príncipe!"

"O quê? Nada de cavalo branco, armadura reluzente, lutas épicas ou donzelas em apuros?", perguntei.

"Só os renegados têm a liberdade de ser heróis. Eu daria qualquer coisa para ser um deles por um único dia. Mas, em vez disso, sou ASSEDIADO por fãs histéricas e PERSEGUIDO por bruxas obcecadas por príncipes querendo me transformar em sapo!"

"EM SAPO?", abafei o riso. "Então é daí que vem aquela coisa de 'Você tem que beijar muitos sapos até encontrar seu príncipe'?"

BRANDON, COMO UM SAPO ADORÁVEL!!

"Ei, isso NÃO é engraçado", o Brandon disse com desânimo. "E, para piorar, meus amigos só gostam de ficar no meu castelo, jogando polo e fazendo festa."

"Bom, príncipe Brandon, parece que você precisa encontrar NOVOS amigos!", eu brinquei.

"É um ótimo conselho. Tudo certo, então. VOCÊ, princesa Nikki, vai ser minha NOVA melhor amiga!", o Brandon piscou para mim.

"Bom, sua nova melhor amiga acha que você seria um herói INCRÍVEL!", eu me emocionei. "Você devia seguir os seus sonhos!"

"Eu quero muito", ele disse com uma cara preocupada. "Mas o que meus pais vão dizer?"

"Eles vão dizer que sentem muito orgulho de você! Faça isso!"

A apreensão no rosto dele se dissolveu em um sorriso animado.

"Acho que você é a primeira pessoa que me entende de verdade, princesa Nikki! Apesar de termos acabado de nos conhecer, você me parece uma amiga confiável. Sinto como se a conhecesse de outra vida."

"Você conhece! Humm... Quer dizer, você conhece... porque parece um cara muito legal!"

Foi quando ele sorriu e ficou me olhando, e eu sorri e o encarei de volta.

E todo esse lance de sorrir e encarar durou, tipo, uma ETERNIDADE!

A música começou de novo, e o Brandon pegou minha mão e me conduziu até a pista de dança.

AI, MEU DEUS!

Dançar com ele foi TÃO romântico...

Praticamente todo mundo no salão estava nos encarando e provavelmente se perguntando quem eu era.

PRÍNCIPE BRANDON E EU, DANÇANDO!

Nós dançamos e rimos e conversamos. Eu queria que a noite durasse para sempre.

"Nunca conheci ninguém como você, princesa Nikki. Você é MUITO... diferente!", o Brandon disse.

"Isso é uma coisa ruim?", perguntei.

"Você é esperta, engraçada e aventureira! Gosto muito de você! Será que posso vê-la de novo? Viajarei ao seu reino, por mais longe que seja."

"Adoraria te ver de novo!", eu disse. "Mas, infelizmente, acho que não vai ser possível!"

"QUALQUER coisa é possível, alteza!"

Foi quando o príncipe Brandon olhou tão profundamente nos meus olhos que meu coração pulou uma batida!

^^^^^^ EEEEEE!!

Então ele se inclinou para o BEIJO perfeito de conto de fadas e...

BLIM-BLÉM! BLIM-BLÉM!...

EU, SURTANDO TOTALMENTE
PORQUE É MEIA-NOITE!

Nosso beijo perfeito de conto de fadas foi interrompido de um jeito bem grosseiro!

"AI, MEU DEUS! Já é meia-noite?", gritei.

Eu precisava sair dali depressa, antes que voltasse a ser... bom, EU MESMA!

"Tem alguma coisa errada?", Brandon perguntou, preocupado.

"Hum... SIM!! Quer dizer, NÃO! É só que... eu preciso mesmo ir embora!"

"O QUÊ? Mas o baile ainda não terminou!"

"Eu sei! Mas eu preciso ir agora! É um tipo de... emergência!"

O príncipe Brandon pareceu surpreso e magoado. "Não compreendo. Eu disse alguma coisa errada?"

"Não! Eu gostaria de poder explicar, mas não consigo! Sinto muito!"

"Princesa Nikki! Por favor! Não vá!"

"Foi bom te conhecer! Adeus!"

"Mas quando a verei de novo? Eu PRECISO ver você de novo!", o Brandon implorou. "Por favor! Você pode pelo menos me dizer onde mora?"

Parece que, sempre que as coisas estão perfeitas na minha vida, o desastre vem como um pombo com diarreia e solta a sujeira na minha cabeça!

Apesar de eu conhecer a história da Cinderela, ainda assim fiquei bem chateada com os acontecimentos.

Ei! Não era um príncipe QUALQUER que eu estava LARGANDO no baile! Era o meu paquera, o BRANDON! Bem no meio de um beijo ☹!!

BLIM-BLÉM! BLIM-BLÉM!, o relógio continuou anunciando.

Eu me virei e saí correndo pelo salão, subindo a escadaria...

EU, LARGANDO DE MANEIRA MUITO RUDE
O PRÍNCIPE BRANDON NO BAILE!!

Se você já usou salto alguma vez, sabe que correr com essa coisa quase sempre rende uma VISITA ao hospital.

Sem brincadeira!

Para a minha sorte, só perdi um sapato. Exatamente como no conto de fadas.

Enquanto eu corria em direção à porta, mais uma vez o salão todo ficou me olhando, apontando e cochichando.

Eu fiquei, tipo, QUE MARAVILHA ☹!!

Eu me senti péssima por deixar o príncipe Brandon no baile daquele jeito. Mas não tive escolha! Ou tive?

Que garota não gostaria de ser uma princesa, casar com um príncipe bonitão e viver feliz para sempre?

Hesitei na porta só por um segundo e dei uma última olhada para trás...

Eu senti tanta pena do Brandon. E fiquei TÃO confusa!!

Mas ele merecia uma princesa DE VERDADE.

Não uma FALSA, uma imitação de princesa como EU!

Suspirei profundamente e de repente fui tomada por uma onda de tristeza. Então me virei e corri para a porta.

Eu mal tinha passado pelos guardas reais quando o encanto começou a se desfazer.

Agora, com as minhas roupas de novo, entrei no estábulo real e fui até meu esconderijo na baia dos fundos. Eu estava tão mental e fisicamente exausta por causa das aventuras da noite que nem sequer me importei de dormir no feno fedido me pinicando.

No dia seguinte, eu faria a viagem até o castelo da Rainha de Copas. E lá convenceria o Mágico Feroz a me ajudar a voltar para casa.

Tentei dormir, mas eu só conseguia pensar no príncipe Brandon e no seu olhar arrasado. Eu era a pessoa MAIS CRUEL do mundo!!

Tomada pela culpa e pelo remorso, chorei até cair no sono.

☹!!

NO CASTELO DA RAINHA DE COPAS

Eu me levantei bem cedo e comecei minha jornada até o castelo da Rainha de Copas. Eu estava torcendo desesperadamente para que o mágico ainda estivesse ali.

Ainda estou me sentindo muito mal por ter largado o príncipe Brandon no baile. Ele é um cara muito bacana.

Mas a garota perfeita para ele existe em algum lugar. E tenho certeza de que não sou EU.

No momento, meu maior objetivo na vida é encontrar o caminho de volta para casa. Então, começar um relacionamento com um príncipe muito fofo na Terra dos Contos de Fadas só complicaria as coisas.

Além disso, na maior parte do tempo, me sinto totalmente sobrecarregada por ter de lidar com apenas UM Brandon!

Como é que eu lidaria com DOIS?!

Enfim, quando me dei conta já estava na frente do castelo da Rainha de Copas...

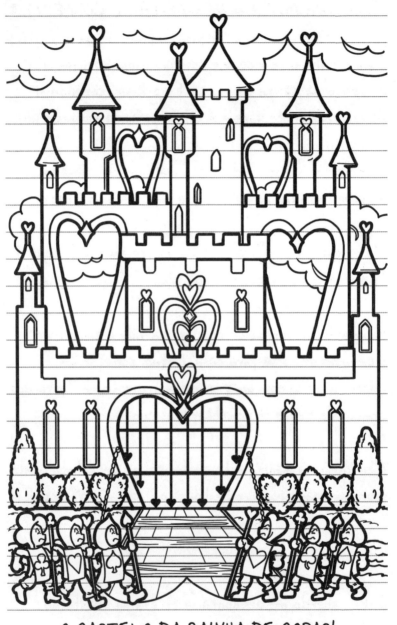

O CASTELO DA RAINHA DE COPAS!

Era bem óbvio que a rainha era totalmente OBCECADA por corações! Vi dezenas deles! Até as portas e janelas eram em formato de coração. Um grupo de guardas marchava de um lado para outro na entrada principal. Depois de alguns minutos, finalmente reuni coragem para me aproximar de um deles.

"Com licença, senhor. Eu gostaria de saber se seria possível conversar com o..."

"O que está fazendo aqui, senhorita? Não ficou sabendo? A Rainha de Copas decretou estado de emergência! Um usuário de magia muito perigoso e poderoso está aterrorizando nossos cidadãos e planejando derrubar Vossa Majestade, a rainha. O reino todo está em alerta!"

"Uau! Eu não sabia disso! Esse usuário de magia se chama MacKenzie?", perguntei, mais por curiosidade. "Ouvi os munchkins reclamando que ela estava perturbando já tinha um tempo."

"Você CONHECE essa criminosa diabólica?!", ele praticamente gritou enquanto chamava empolgado os outros guardas.

"Hum... não! Na verdade, NÃO SEI exatamente QUEM é essa pessoa. Eu só e—estava... perguntando", gaguejei.

"Bem, a rainha está oferecendo uma bela recompensa por qualquer informação que leve à captura da criminosa atroz. E ela mandou o usuário de magia mais poderoso da terra prender esse indivíduo. Acho que seria uma boa ideia você falar com ele. Agora venha, por favor."

"Gostaria muito de poder ajudar. Mas devo deixar o reino muito em breve. Tipo, a qualquer minuto. Sinto muito mesmo!", eu disse, tentando me afastar.

Mas os guardas logo me cercaram.

"É imprescindível que você se apresente ao Mágico Feroz para responder a algumas perguntas. Por favor, venha comigo, mocinha! GUARDAS! EM FORMAÇÃO! MARCHEM!"

Eu não podia acreditar no que estava ouvindo! Eu estava sendo escoltada para o castelo para ver o Mágico!!

EEEEE ☺!!!

Meu sonho tinha se tornado realidade! Porque dentro do grande hall estava ele próprio...

O GRANDE MÁGICO FEROZ!!!

Preciso admitir que fiquei meio chocada e surpresa ao ver que ele era igualzinho ao diretor Winston, do meu colégio.

Mas, ei!

Pouco importaria se ele parecesse um lagarto com duas cabeças, três olhos, bigode e cabelos ondulados.

Eu finalmente iria para CASA! ÊÊÊÊÊ ☺!

Fique TÃO feliz que senti vontade de chorar!

"Olá, sr. Mágico! Estou te procurando há uma ETERNIDADE! Meu nome é Nikki Maxwell! E eu gostaria de saber se o senhor pode, POR FAVOR, POR FAVOR, me ajudar a ir para ca..."

Foi quando o sorriso dele imediatamente desapareceu. Ele estreitou os olhos para mim e fez uma cara feia.

"Você acabou de dizer que seu nome é Nikki Maxwell?!", ele urrou.

"Hum, s—sim?", grunhi com nervosismo. O mágico logo puxou um grande pergaminho do bolso do roupão e o desenrolou.

Então começou a ler de um modo exageradamente dramático, com uma voz reverberante.

"Nikki Maxwell, a Bruxa Mais Má do Reino Desconhecido! Por ordem da Rainha de Copas, eu ordeno que desista de aterrorizar os cidadãos deste humilde reino com sua magia sombria e cruel. Você está preparada para encarar seus delatores?"

Eu não fazia a menor ideia do que aquele cara estava falando. Eu NÃO ERA uma bruxa má! Devia estar havendo algum engano.

"Meus delatores?! Que delatores?!", perguntei.

"Guardas! Tragam os delatores!", o mágico ordenou.

Um pequeno grupo foi trazido e ficou OLHANDO FEIO para mim...

FINALMENTE ENCONTREI MEUS DELATORES!

Eu meio que surtei quando vi a Rainha de Copas. Ela parecia a famosa patinadora do gelo Victoria Steel, do meu show beneficente, *Holiday on Ice*, de dezembro.

Um arrepio percorreu minha espinha. Aquela moça era FÚTIL, MALVADA e MALUCA!!

O resto do grupo incluía:

1. A MacKenzie — Certo, provavelmente ela ainda estava MUITO brava por eu ter caído em cima dela quando cheguei à Terra dos Contos de Fadas. E sim! Eu AINDA estava usando seus tênis mágicos (o que ela não devia ter percebido, porque eles tinham sido transformados em um par de sapatos boneca bem fofo).

2. O Lobo — Ele AINDA estava com roupa de vovó e obviamente AINDA estava bravo por causa da história do rabo arrancado. O que, a propósito, foi TOTALMENTE acidental!

3. A Família Urso — Sim, minha amiga Cachinhos Dourados tinha destruído a casa E comido o mingau deles. Então eu entendia completamente por que eles ainda estavam

um pouco chateados. Mas eu tinha deixado um petisco de castanhas e frutinhas muito delicioso para eles. Eu não ganhava crédito nenhum por ESSE ato de bondade?!

De repente, a MacKenzie se aproximou, apontou o dedo bem na minha cara e gritou: "SIM! É ELA! Ela tentou me assassinar brutalmente! E acho que roubou meus tênis de marca e os está escondendo! Ela é uma usuária de magia muito poderosa e malvada e planeja depor o mágico e tomar o castelo e o reino da Rainha de Copas. Eu ouvi quando ela se gabou disso aos munchkins! Apesar de ela parecer inocente e idiota, não confio nela nem por um segundo!"

Eu NÃO podia acreditar que a MacKenzie estava MENTINDO a meu respeito daquele jeito, bem na minha CARA!! Não era à toa que todo mundo estava ~~bravo~~ ainda MAIS BRAVO comigo.

"Está havendo um engano terrível! Eu não fiz nenhuma dessas coisas horríveis! Bom, tudo bem, talvez eu tenha feito algumas dessas coisas. Mas uma parte delas foi acidental. Por favor, Vossa Alteza, eu imploro! Por favor, faça alguma coisa! Qualquer coisa!", gritei.

E ela fez! A Rainha de Copas apontou para mim e gritou:

"VOU ARRANCAR SUA CABEÇA!!!"

Então ela ordenou que eu fosse julgada pelos crimes contra o reino no dia seguinte, ao pôr do sol!!

QUE MARAVILHA ☹!!

Foi quando a MacKenzie se aproximou e me deu um abraço de urso!

"Coitadinha! Eu sinto TANTO por você! Mas o mais importante é manter a calma durante a coisa toda e NÃO perder a cabeça! Opa! Eu acabei de dizer 'perder a cabeça'? FOI MAL!"

Então ela saiu rebolando! Eu simplesmente ODEIO quando a MacKenzie rebola.

Enfim, tentei ver o lado positivo das coisas. Eu tinha certeza absoluta de que amanhã a rainha se daria conta de que havia cometido um erro ENORME.

E, se eu realmente fosse julgada, sem dúvida todos os meus amigos da Terra dos Contos de Fadas testemunhariam dizendo que eu era uma pessoa decente.

O desafio seria entrar em contato com todo mundo antes do meu julgamento, ao pôr do sol.

Quando eu estava prestes a sair do castelo para tentar reunir testemunhas para o julgamento, os guardas me impediram.

"Parada aí, senhorita Bruxa Má... do... Desconhecido...!"

"Eu NÃO sou uma bruxa má!", repreendi.

"Temos ordens estritas da rainha para mantê-la presa até seu julgamento e execução amanhã! Você vai para a MASMORRA! Vai dividir uma cela com os ratos!!"

"MASMORRA?!! RATOS?!! EXECUÇÃO?!!", eu engasguei.

Então eu respirei muito fundo e gritei com todas as minhas forças...

"BRIANNA!! SOCOOOOOORRO!!"

Infelizmente, a Brianna não compareceu DE NOVO!!

Ela tinha MUITA sorte por eu ter sido presa bem na hora pela Rainha de Copas.

Porque eu teria marchado direto até a sede do Conselho da Terra dos Contos de Fadas para fazer uma queixa contra ela por ser uma "fada madrinha incompetente" (ou qualquer coisa assim) e exigir uma substituição imediata!

De qualquer modo, os guardas me escoltaram por três longos lances de escada até as profundezas do castelo.

Então eles me trancafiaram na masmorra fria, escura e úmida!!

Enquanto eu permanecia sentada em um banco de madeira, tremendo com um cobertor sujo e esfarrapado, de repente duas coisas ficaram bem óbvias.

Eu nunca voltaria para casa, e minha vida estava totalmente ACABADA!!

☹!!

JANTAR DE CELEBRAÇÃO DA MINHA EXECUÇÃO

"Levanta, sua preguiçosa inútil!!", o Gavião... ou, no caso, Sir Gavião, gritou enquanto batia a espada contra as grades da masmorra.

CLANG! CLANG! CLANG!

Despertei do cochilo assustada e confusa. Apesar de eu só estar ali fazia cinco ou seis horas, pareciam muitos dias. "O que está acontecendo?", murmurei meio grogue.

"Você está sendo aguardada no jantar de Celebração da Execução!", Sir Gavião respondeu ao abrir o portão da masmorra. "Depressa! Você NÃO quer deixar Vossa Alteza esperando! Ela é MUITO impaciente!"

"Vá embora! NÃO estou com fome!", eu reclamei e cobri a cabeça com meu cobertor esfarrapado, como uma criança mimada.

"Você NÃO tem escolha", ele fez cara feia. "Se a rainha mandar você comer, você vai COMER! Ou vai perder sua linda CABECINHA! Entendeu?"

221

Tirei o cobertor da cabeça e olhei bem para o cara. Então eu disse...

"DESCULPA, CARA, MAS VOU FICAR BEM AQUI NA MINHA CELA! PODE ME ACORDAR **DEPOIS** DA MINHA EXECUÇÃO!"

Sir Gavião puxou um sanduíche de salame de trinta centímetros da bota e o devorou. Então arrotou mais alto do que um alce grande faria. "Isso não é piada, sua fracote! Se eu não levar você à rainha, ela vai ME executar!", ele disse com a voz trêmula. "Aquela mulher é MÁ e ASSUSTADORA!"

Apesar de eu ser a prisioneira, fiquei com dó do cara. Então concordei em comparecer ao jantar da rainha.

A princípio, eu tinha planejado pegar umas asinhas de frango, ponche e bolo e levar de volta para a minha cela. Mas, infelizmente, a rainha tinha planejado uma noite muito mais elaborada para mim.

Fiquei surpresa ao ver tantas pessoas ali, usando vestidos de festa e smokings, conversando e comendo canapés.

A rainha também estava presente, e parecia totalmente FURIOSA com alguma coisa!

Ela apontou um dedo bem na minha cara e começou a gritar comigo, como se estivesse louca ou alguma coisa assim.

EU, NUMA AUDIÊNCIA COM
A RAINHA DE COPAS!

"VOCÊ ESTÁ ATRASADA!", ela gritou. "Você tem noção de como prejudicou minha IMAGEM na frente dos MEUS convidados?! Como posso oferecer um jantar para celebrar uma execução se a pessoa a ser executada não está aqui?"

"Sinto muito, Vossa Alteza! Eu não queria me atrasar, mas fiquei presa na sua..."

"E POR QUE ainda está usando esses trapos de serva? Você não tem VERGONHA?! Está tentando me constranger na frente dos meus convidados?!"

"Peço desculpas! Mas eu não poderia comprar um vestido nem se quisesse", respondi de um jeito meio sarcástico. "Passei o dia todo trancada na sua masmorra! Lembra?"

"Isso NÃO é desculpa!", a rainha gritou. "Se você ARRUINAR meu jantar de execução, sua CABEÇA VAI ROLAR! Entendeu?"

Eu fiz que sim. O rei, que eu podia jurar que era o consultor do jornal do meu colégio, o sr. Zimmerman, estava nervoso ao lado da esposa.

225

"Não quero me meter, querida", o rei disse, parecendo tímido, "mas, teoricamente, você vai executá-la de qualquer modo. Então..."

"SILÊNCIO!!!!!!", a rainha gritou.

"Sim, q-querida. Onde estão os meus modos?", o rei gaguejou com nervosismo. "Deixe-me pegar um ponche gelado para você, querida."

"Olá, mundo! Estou AQUI!!!!", alguém gritou.

Não pude acreditar no que meus olhos estavam vendo quando a MacKenzie entrou rebolando, com um vestido de bruxa de tule preto e segurando uma vassoura dourada cravejada de diamantes.

"Não estou maravilhosa?" Ela deu uma volta como se estivesse em uma passarela. "Vejam, queridos! Estou de matar!"

Eu apenas revirei os olhos para aquela garota. "De matar" foi a piadinha sem graça que a MacKenzie fez...

MACKENZIE, A BRUXA MÁ ("DE MATAR") DO OESTE

Eu fiquei, tipo: "Desculpa, amiga. Mas a única coisa de matar aqui é o seu CÉREBRO!" Mas eu disse isso dentro da minha cabeça, então só eu mesma escutei.

"QUERIDA!! Ora, se não é a Bruxa do Oeste!", a rainha exclamou. "Você está incrível, como sempre!" Ela se afastou para conversar com a MacKenzie.

Eu só fiquei ali, sozinha, assustada e desesperada para fugir. Mas todas as saídas estavam bloqueadas pelos guardas da rainha. Então suspirei e abaixei a cabeça.

"Estou CONDENADA!", resmunguei enquanto mastigava com tristeza uma almôndega fria e engordurada.

"PSSSSIU!", ouvi alguém dizer.

Olhei ao redor, mas não consegui determinar de onde o som estava vindo.

"PSSSSIU!", ouvi de novo.

Fiquei olhando espantada para a planta grande no vaso a alguns metros de mim. Espera! Aquela coisa não estava ali há um minuto! Foi quando de súbito um rosto sorridente apareceu no meio das folhas.

"AI!", eu gritei...

EU, EM PÂNICO, QUANDO UMA CABEÇA APARECEU DE REPENTE NO MEIO DA PLANTA

"B-B-Brianna? É você?", gaguejei, tentando conter minha felicidade...

EU, DANDO UM ABRAÇO DE URSO NA BRIANNA!

"Sim", ela respondeu. "Você não achou que eu ia simplesmente ficar esperando você ser executada, não é?"

"AI, MEU DEUS! Estou TÃO feliz em ver você!", gritei. "Por favor, me tira daqui!"

"Calma aí, amiga! Ou você vai acabar com o meu disfarce!", a planta... humm, quer dizer, a Brianna me repreendeu.

"Certo, desculpa! Você salvou minha vida!", eu me emocionei. "E então, qual é o plano? Como você vai me tirar daqui?"

Brianna coçou a cabeça com sua mão de folha. "Na verdade... não pensei nisso. Ainda!"

"Vou ser executada em menos de doze horas e você NÃO tem um plano?", gritei. Baixinho.

"Desculpa! Mas passei metade do dia pensando em como entrar no castelo. Não foi fácil criar um disfarce tão brilhante. Eu pareço uma planta de verdade, você não acha?"

"Aff! Brianna!", resmunguei, SUPERirritada. "Como eu disse... ESTOU CONDENADA!"

"Não seja tão pessimista! Só me dê um tempo, tá bom? Vou bolar um plano brilhante muito em breve. Pode acreditar! Enquanto isso, tente aproveitar o jantar. Você É a convidada de honra. Por falar nisso, parabéns!"

Eu só revirei os olhos para aquela garota!

"De qualquer forma, mantenha a rainha distraída. E, independentemente do que fizer, não mencione uma planta falante de marias-chiquinhas", ela me orientou.

"Pode deixar!", eu disse, erguendo o polegar para ela.

"Ah, tem mais uma coisa...", a Brianna acrescentou. "E é EXTREMAMENTE importante!"

"O que você precisa que eu faça?", perguntei.

"Bom... toda essa coisa de espiar me deu muita sede", ela falou. "Pode me fazer um favor e me aguar? Acho que uns cinco litros resolvem."

"AGUAR VOCÊ?! Brianna, acho que você está levando meio a sério demais essa coisa de planta!"

Naquele momento, o mordomo da rainha tocou uma sineta, chamando todo mundo para a mesa de jantar.

"Senhoras e senhores, que tenha início a Celebração da Execução!", a rainha declarou enquanto as pessoas aplaudiam. "Obrigada por virem. A única coisa que me agrada mais do que ver cabeças rolarem é celebrar o feliz evento com todos VOCÊS, meus fiéis seguidores!"

Engoli em seco e lancei um olhar aterrorizado para a Brianna. "Quem diz uma coisa dessas?", sussurrei. "Essa mulher é totalmente maluca!"

"Esqueça a execução!", a Brianna disse. "A pessoa só pode ser completamente doida para fazer uma decoração com todos esses corações vermelhos sendo que nem é Dia dos Namorados!"

Revirei os olhos para ela de novo.

"Desculpa!", ela disse timidamente. "Bom, é melhor você voltar para a festa antes que ela fique brava de novo. Não queremos que ela perca a paciência e execute você DURANTE seu jantar de celebração da execução!"

Infelizmente, por mais maluco que isso parecesse, eu precisava admitir que a Brianna estava certa! ☹!!

"Certo, Brianna. Boa sorte na elaboração do plano de resgate! Até mais!", falei esperançosa, enquanto lhe dava mais um abraço rápido.

Então, eu me virei e dei de cara com a... MACKENZIE ☹!! AI, MEU DEUS! Cheguei a fazer xixi na calça!

"Já ouvi falar de pessoas que abraçam árvores! Mas que abraçam plantas?!", ela rosnou para mim. "O que está acontecendo?"

"Os especialistas dizem que c–conversar com p–plantas as ajuda a crescer", gaguejei com nervosismo.

"GUARDA! Sou alérgica a plantas sorrateiras como esta. Corte-a em pedacinhos e jogue na fogueira! AGORA!", a MacKenzie gritou.

O GUARDA, FATIANDO A PLANTA BRIANNA!!

Estou chorando há horas e não consigo parar! É difícil acreditar que a MacKenzie ASSASSINOU minha fada madrinha!

A Brianna perdeu a vida tentando ME ajudar! Eu estou me sentindo PÉSSIMA.

Sei que ela não era perfeita. Mas eu gostaria de ter sido muito mais legal com ela. E de ter dito como eu gostava dela.

É fácil não dar valor às pessoas com quem nos importamos. Até que, um dia, elas somem da nossa vida.

Apesar de a planta Brianna ter sido despedaçada e queimada na fogueira, eu consegui pegar uma folha pequena e escondê-la no bolso.

Era TUDO que tinha restado dela ☹!!

Com o coração pesaroso, realizei o último pedido da Brianna e a reguei.

Com as minhas próprias LÁGRIMAS!!...

EU, MUITO TRISTE SEGURANDO O POUCO QUE RESTOU DA BRIANNA!

☹!!

PROBLEMAS E TRIBULAÇÕES

Hoje era o dia do meu julgamento e, claro, eu estava surtando completamente ☹!! Sir Gavião colocou algemas nos meus braços e nas minhas pernas e me conduziu para fora da masmorra. Ele deve ter se sentido culpado ou alguma coisa assim, porque disse: "Sinto muito por você, menina. Odeio meu trabalho, mas preciso dele para colocar COMIDA na mesa".

Dei uma olhada para aquela grande barriga saliente. Era difícil acreditar que ele morreria de fome logo, ainda que NÃO HOUVESSE comida na mesa dele.

Ele continuou: "Seu julgamento começa em trinta minutos, e sua execução será logo depois. Eles estão montando a guilhotina agora!"

"GUILHOTINA?", gritei. "Mas e se eu for declarada INOCENTE?!"

"A Rainha de Copas é implacável! E não tem coração! Ela vai te executar independentemente do resultado. Então não vai importar se você é inocente."

238

"Mas isso NÃO é justo!", berrei. "Ninguém me disse que eu seria executada depois do julgamento mesmo que fosse declarada inocente!"

"Como assim? Eu acabei de dizer!", Sir Gavião respondeu, me olhando como se eu tivesse o QI de uma sujeira de umbigo.

Então ele tirou uma dúzia de nuggets de frango do capacete e os enfiou um por um na boca. Aí lambeu os dedos, arrotou como um touro e balançou a cabeça com tristeza.

"Ouça, fracote. Estar no sistema de justiça da rainha é como pegar um dragão cuspidor de fogo pelo rabo! Basicamente... você está FRITA!"

Eu estava CONDENADA ☹!! Meu coração batia tão forte e tão rápido que parecia ecoar pela escadaria úmida. Eu arfei quando a MacKenzie apareceu de repente, do nada, rindo como uma.... hum... bruxa MALVADA!

"Sua ASSASSINA!", eu gritei. "POR QUÊ?!!"

"POR QUÊ? PORQUE EU VOU SER A RAINHA DA TERRA DOS CONTOS DE FADAS! MAS ANTES PRECISO ME LIVRAR DE VOCÊ E DE TODOS OS OUTROS RENEGADOS RIDÍCULOS!"

"Mas por que os renegados?", perguntei. "O que eles fizeram para você?"

"Eles sempre estão na floresta, metendo o bedelho nas coisas dos outros e interferindo no MEU plano!", a MacKenzie reclamou.

"Você quer dizer ajudando os outros, tentando realizar os próprios sonhos e tornando a Terra dos Contos de Fadas um lugar melhor?", perguntei.

"Não importa! Você mais parece um cartãozinho barato. A realeza era chata e egoísta até VOCÊ aparecer! Agora, estão obcecados querendo se tornar heróis", a MacKenzie disse. "É NOJENTO! E dificulta muito meu trabalho!"

"MacKenzie, VOCÊ É uma PIRRALHA mimada, egoísta e com sede de poder! E é nojenta também!"

"Você fala como se isso fosse algo RUIM! Demorou, tipo, uma ETERNIDADE, mas finalmente eu tinha conseguido fazer a realeza e os renegados se odiarem. E odiarem A SI MESMOS! Aí você apareceu e estragou tudo. Então agora sua cabeça vai rolar, amiga!"

"Bom, se eu não te impedir, tenho certeza que alguém vai fazer isso!", falei, olhando bem dentro daqueles olhinhos brilhantes.

"Não conte com isso, queridinha! A Rainha de Copas e o mágico já são meus peões desmiolados! E logo vou me livrar deles também. E sua fada madrinha tola e incompetente, a Brianna, virou uma bela SALADA, você não acha? Ela NUNCA foi páreo para MIM!"

Quando ela falou da coitada da Brianna, senti um nó na garganta e afastei as lágrimas ☹!

A MacKenzie era a
ENCARNAÇÃO DO MAL!!

Mas eu já sabia que nem a Rainha de Copas nem o mágico acreditariam em mim, ainda que eu contasse o plano diabólico dela.

"Bom, é melhor eu ir andando. Tenho lugar na primeira fila de uma execução. E não quero deixar a rainha esperando!", ela deu uma risadinha.

O pátio principal do castelo estava cheio de espectadores e tinha um ar quase festivo.

No centro, havia um palco enorme. O trono da rainha ficava a três metros de uma grande guilhotina que obviamente ela mesma havia desenhado.

Tinha formato de coração, era coberta de glitter e decorada com balões e corações cor-de-rosa e vermelhos.

Era simplesmente ADORÁVEL ☺!

De um jeito muito doentio e assustador ☹!

Subi ao palco e fiquei na frente dela, tremendo de medo.

A rainha sorriu e falou com a multidão:

"Senhoras e senhores! Diante de vocês, está a pessoa mais malvada, cruel e sinistra de todos os tempos. E NÃO estou falando de mim mesma! Estou me referindo a... ELA!", a rainha disse, apontando para mim com o cetro de um jeito muito dramático.

Um suspiro coletivo veio da multidão, e algumas pessoas vaiaram.

"Como rainha, juiz e júri de vocês, eu ordeno que Nikki Maxwell seja imediatamente executada pelo crime de traição e..."

O rei deu um tapinha tímido no ombro dela.

"Desculpe interromper, querida. Mas e o julgamento? Para sermos justos, primeiro temos que ter..."

"Este é o MEU tribunal!", ela gritou. "E eu posso fazer o que quiser! Está entendendo?!"

"Sim, q—querida!", o rei gaguejou.

"Mas, já que você insiste, faremos um julgamento!", ela disse com doçura. "A primeira testemunha que eu gostaria de chamar para depor é Bud, o padeiro."

Surpreso, Bud, o padeiro, subiu ao palco e ficou de pé na frente da rainha, parecendo bem nervoso.

"E então, Bud, o que você estava fazendo há dois dias, enquanto a Nikki Maxwell estava secretamente corrompendo os jovens deste reino?", a rainha perguntou.

"Hum, não sei! A única coisa que faço todos os dias é assar", ele respondeu, dando de ombros. "Não sei bem por que a senhora me chamou aqui, nunca a vi antes..."

"E o que você assa?"

"Rolinhos de canela. E cupcakes também", Bud respondeu.

"Eu AMO cupcakes! Você faz daquele tipo com coraçõezinhos? São os meus preferidos!"

"Hum, na verdade, sim", Bud respondeu.

"E aqueles com recheio delícia de creme?"

"Sim, faço desses também!"

Revirei os olhos. O que cupcakes recheados de creme tinham a ver COMIGO? A rainha era ainda mais maluca do que eu tinha imaginado.

"Agora, você assaria um cupcake em formato de coração recheado com creme para uma criminosa cruel que estivesse incentivando jovens a BURLAR AS LEIS E PERSEGUIR SEUS SONHOS?", a rainha gritou com Bud, o padeiro.

"Hum... bem... acho que isso seria algo que provavelmente eu nunca pensaria em fazer...", ele murmurou, tomado pelo medo.

"Obrigada, Bud, o padeiro! Caso encerrado! Com base em seu testemunho, eu declaro a ré, Nikki..."

Eu não podia mais ficar ali ouvindo as besteiras que ela dizia. Então tive que interrompê-la de um jeito rude.

"Alteza, com todo respeito, eu PROTESTO contra seu veredicto de culpada!", falei. "Você não está sendo justa! E esse julgamento não foi justo! As pessoas desse reino só querem ser felizes! Eu só estava tentando..."

"PROTESTO INDEFERIDO!", a rainha rosnou.

Então ela ficou de pé e gritou...

"NIKKI MAXWELL, EU A DECLARO CULPADA POR TRAIÇÃO! SUA CABEÇA SERÁ CORTADA!!"

Quatro guardas reais rapidamente me cercaram a fim de me levar à guilhotina para a execução.

AI, MEU DEUS! Eu tinha a impressão de que ia desmaiar!

A MacKenzie estava sorrindo loucamente e acenando para mim.

"Ei, querida! Não estamos sendo meio apressados?", o rei perguntou. "Certamente há testemunhas que sabem o que de fato..."

"Por favor, meritíssima! Está cometendo um grande erro!! Eu imploro, me deixe explicar o que aconteceu", supliquei desesperadamente.

"SILÊNCIO!", gritou a Rainha de Copas. "Quem entre vocês ousa desafiar minha ordem de execução?"

Tudo ficou tão quieto que daria para ouvir uma agulha cair.

Foi quando alguém pigarreou e respondeu: "Majestade, eu DESAFIO! Solte a princesa ou responda a MIM!"

Eu não podia acreditar no que estava vendo ou ouvindo. O príncipe Brandon tinha vindo me salvar ☺!!
ÊÊÊÊÊ!!

"As Princesas Protetoras exigem que você liberte a Nikki!", três garotas gritaram. Eram a Branca de Neve, a Rapunzel e a Bela Adormecida, encarnando as Três Mosqueteiras ☺!

"Solte a Nikki! OU...", a Cachinhos Dourados e a Chapeuzinho Vermelho gritaram! Não pude deixar de notar que elas estavam arrasando na maquiagem!

AI, MEU DEUS! Fiquei TÃO feliz ao ver todas as minhas amigas! E, pelo que parecia, elas tinham vindo totalmente preparadas para chutar alguns TRASEIROS!

Observei freneticamente a multidão, rezando para ver o sorriso grande e bobo da Brianna. Mas ela NÃO ESTAVA lá. Mais uma onda de tristeza me invadiu.

De repente, a Rainha de Copas se levantou e gritou: "GUARDAS! PRENDAM TODOS ELES! Quero que sejam capturados vivos para que eu possa EXECUTAR um por um!"

Fiquei olhando apavorada enquanto as Princesas Protetoras e o Brandon enfrentavam meia dúzia de guardas do palácio.

As três garotas estavam juntas na cadeira de rodas da Branca de Neve empunhando espadas, enquanto o Brandon as empurrava pelo pátio. Eles pareciam um touro furioso de três chifres com rodas.

Quando ficou claro que o lado delas estava perdendo, a MacKenzie e a rainha tentaram escapar!

Mas a Chapeuzinho Vermelho e a Cachinhos Dourados as impediram BEM NA HORA!...

"GUARDA! CUIDE DESSAS DUAS! AGORA!", a rainha gritou.

Um guarda corpulento de um metro e oitenta olhou para a Chapeuzinho Vermelho e para a Cachinhos Dourados e riu. "Vocês duas acham que são páreo para MIM?", ele zombou. "Que bela cesta! Vai atirar cupcakes em mim? Estou morrendo de medo. E aí, o que tem na cestinha, amiga?"

Totalmente irritada, a Chapeuzinho Vermelho pegou o cesto e o balançou na direção dele!

POW! O homem caiu esparramado no chão, uivando de dor!

"AAAI! O que tinha naquela cesta? PEDRAS?!"

"Não, são os muffins que assamos hoje cedo", a Cachinhos Dourados disse. "Estão duros feito pedra! E com gosto de pedra também!"

Com as duas garotas temporariamente distraídas, a MacKenzie correu na minha direção enquanto pegava a varinha. Mas o Brandon viu que ela estava se aproximando. Então rapidamente se colocou entre nós e ergueu os braços para bloqueá-la...

PRÍNCIPE BRANDON, TENTANDO ME
PROTEGER DA BRUXA MÁ DO OESTE!

Eu me senti muito grata pelo fato de o príncipe Brandon ter interferido para tentar me proteger da MacKenzie. Mas agora ele tinha se colocado em perigo iminente.

"Afaste-se, príncipe Brandon, ou vai se arrepender!", a MacKenzie ameaçou.

"Se não se afastar, VOCÊ vai se arrepender", ele disse, dando um passo na direção dela.

"JURA?!", ela falou. "Bom, você é um principezinho MUITO corajoso! Mas vamos ver sua coragem quando estiver verde, com dez centímetros de altura e pulando no brejo para comer MOSCAS!"

"Não!", gritei. "Isso é entre mim e você, MacKenzie! Já perdi a Brianna e não quero que você machuque mais nenhum inocente!"

"Ei, já sei!", ela disse, abrindo um sorriso malvado. "Por que não transformo VOCÊS DOIS em sapos?! QUE ROMÂNTICO!"

Então ela apontou a varinha na nossa direção. Mas, antes que pudéssemos reagir, uma luz brilhou na ponta da varinha e o espaço foi tomado por uma névoa.

E, quando a névoa se dissipou...

BRIANNA (SIM, A BRIANNA!), TRANSFORMANDO A MACKENZIE EM SAPO!!

Quando vi a Brianna, fiquei tão feliz que comecei a chorar.

Eu a envolvi no maior abraço de urso de TODOS OS TEMPOS! Nunca imaginei que a veria viva de novo.

Quando perguntei sobre o disfarce de planta, a Brianna explicou que o tirara assim que a MacKenzie ficou desconfiada.

O guarda tinha picado uma planta comum, não a minha fada madrinha!

Então ela passou esse tempo todo reunindo todos os meus amigos para me salvarem do castelo da Rainha de Copas!

A Brianna tinha salvado a minha vida!

Em pouco tempo, cinquenta soldados da guarda do Reino Encantado entraram em cena, e bem na hora.

A rainha e sua corte real rapidamente foram colocados em prisão domiciliar para serem levados diante do Rei

Encantado e do Conselho da Terra dos Contos de Fadas, para serem punidos.

"Príncipe Brandon, O QUE você está fazendo AQUI?", finalmente perguntei, quando ele abriu um sorriso enorme para mim.

"Bem, depois dos seus conselhos para que eu fosse atrás dos meus sonhos, decidi sair numa jornada muito perigosa para devolver um objeto valioso à princesa mais adorável do reino."

"É mesmo? E como foi?", perguntei, meio irritada.

Eu não queria admitir, mas estava sentindo um pouco de ciúme dessa tal princesa.

Apesar do tempo que tínhamos passado juntos no baile, aparentemente ele já estava de olho em outra pessoa.

"Bem, na verdade, ainda não sei ao certo", o príncipe Brandon falou, olhando para mim com um sorrisinho.

Eu particularmente não vi a menor graça.

Então ele fez uma reverência, como um perfeito cavalheiro, e disse:

"PRINCESA NIKKI,
EU BRAVAMENTE ARRISQUEI
MINHA VIDA POR VOCÊ.
É COM GRANDE HONRA QUE
DEVOLVO ISSO À LEGÍTIMA DONA."

"Meu sapatinho de cristal! Puxa, obrigada, príncipe Brandon!", eu dei uma risadinha. "E, se você não acredita que sapatos são A coisa MAIS importante da vida, pergunte à Cinderela. Ou... A MIM!"

Todo mundo riu da minha piadinha boba. Mas acho que o príncipe Brandon e eu rimos mais.

Foi incrível ver que os renegados e a realeza tinham seguido meu conselho. Eles não só estavam correndo atrás de seus sonhos como eram bons amigos.

Todo mundo parecia bem mais feliz agora do que quando cheguei. Bom, quase todo mundo! O feitiço de sapo que a Brianna lançou na MacKenzie durou vinte e quatro horas. Em breve, chegou o momento de nos despedirmos.

A Chapeuzinho Vermelho, a Cachinhos Dourados, a Branca de Neve, a Rapunzel e a Bela Adormecida me abraçaram e prometeram me visitar em meu "reino distante".

Só o Brandon parecia sentir a verdade. Que provavelmente nós NUNCA mais nos veríamos...

...SÓ EM OUTRA VIDA!

E nós dois estávamos nos sentindo muito bem em relação a isso.

Porque TODO MUNDO sabe que, nos contos de fadas, o príncipe e a princesa SEMPRE vivem...

FELIZES PARA SEMPRE!

☺!!

PRESA NA TERRA DOS CONTOS DE FADAS! DE NOVO!

Quando a Brianna e eu nos encontramos no Conselho da Terra dos Contos de Fadas mais tarde, para tratarmos da minha volta para casa, recebemos notícias muito ruins. Nenhum usuário de magia no reino todo tinha poder suficiente para me levar de volta para outro mundo. Nem mesmo o Mágico Feroz!

Na verdade, o mágico não tinha poderes mágicos! Ele era um grande falsário vestido com roupa de mago, como na história do Mágico de Oz.

Eu precisava admitir que, depois do fiasco com a Rainha de Copas e com a Bruxa Má do Oeste, estava feliz por estar viva! Mas ainda sentia muita saudade da minha família e dos meus amigos e estava arrasada por saber que não os veria nunca mais.

Fiquei curiosa quando a Brianna chegou carregando um grande livro empoeirado quase do tamanho dela. O esquisito é que ele parecia SUPERfamiliar.

Por fim, me dei conta de que se tratava exatamente do mesmo livro que minha professora de inglês tinha levado para a aula!

264

"E aí, Nikki? Pronta para voltar para casa?", a Brianna sorriu.

"AI, MEU DEUS! Brianna, você consegue me mandar para casa?!!", gritei animada. "Pensei que você tinha dito que não tinha poderes suficientes para isso!"

"Bom, para transportar uma pessoa para outro mundo, é preciso ter um conhecimento avançado de magia. Mas eu ando estudando este livro e acho que criei o feitiço que deve resolver! Pronta?"

Fiquei totalmente arrasada, porque, agora que eu FINALMENTE ia para casa, estava meio triste por estar partindo. Dei um abraço de urso na Brianna e agradeci por ela ter salvado a minha vida!

"Certo, Nikki. Fique bem aqui!", ela me instruiu.

> "Poção mágica, amuleto da sorte!
> A Terra dos Contos de Fadas está livre de
> males de qualquer porte!
> Nikki Maxwell foi a salvadora!
> Por isso, mande-a de volta para casa... hum..."

"BEM.... AGORA! BEM... NESTE MINUTO! HUM, QUE TAL... EM MÃOS?"

A Brianna riu de nervoso e ficou balançando a varinha, mas nada aconteceu. Só fiquei olhando para ela. Eu NÃO estava nem um pouco impressionada!

E então, no auge da frustração, a Brianna jogou furiosamente a varinha no chão e gritou...

A varinha quebrou e a estrela saiu voando como um míssil teleguiado!

Infelizmente, minha CARA estava no lugar errado na hora errada. DE NOVO!...

Eu tenho apenas uma vaga lembrança do que aconteceu depois daquilo...

O feitiço mágico da Brianna não funcionou! Mas aquele pequeno acidente com a varinha quebrada FUNCIONOU!...

ACORDANDO DE NOVO!!

"Ei, pessoal! Acho que ela finalmente está acordando!", disse uma garota muito parecida com a ~~Zoey~~ Chapeuzinho Vermelho.

"Ainda bem!", disse outra, que parecia a ~~Chloe~~ Cachinhos Dourados. "Pelo menos, ela não está em coma!"

"Hum... era pra ela estar se debatendo desse jeito?", perguntou uma garota que se parecia muito com a Bruxa Má do Oeste. "Ela tá parecendo aquela barata tonta que vi no banheiro das meninas! Não sei qual das duas é mais NOJENTA!"

"CALA A BOCA, MacKenzie!", as duas garotas disseram juntas.

"Foi você quem fez isso com ela!"

"É! Você podia ter matado a Nikki!"

Abri os olhos lentamente e olhei para o círculo embaçado de pessoas me encarando...

E de repente comecei a surtar! "NÃO! A BRUXA MÁ, não! SOCOOOORRO!", gritei, delirando.

"RATOS!! Tem RATOS na MASMORRA!! A Rainha de Copas vai arrancar minha CABEÇA!"

Meus braços se debateram quando pensei nas bolas que seriam arremessadas na minha cara. "As BOLAS! Por favor, façam as BOLAS desaparecerem!"

"Nikki, por favor, fique calma!", a Chloe pediu. Ela ergueu dois dedos na frente do meu rosto. "Tente se concentrar, está bem? Quantos dedos tem aqui?"

"Dedos? Essas coisas mais parecem orelhas de coelho, na minha opinião", murmurei, olhando para a mão borrada.

"Coitadinha!", a Zoey falou, apertando meu braço. "Você deve estar traumatizada! Mas não se preocupe, vai ficar tudo bem. Confie em mim. Feche os olhos, relaxe e respire fundo, está bem?"

"Onde estou?", perguntei meio grogue. "Onde estão os munchkins? Ainda estou na Terra dos Contos de Fadas? Alguém pode pedir para a sala parar de girar?"

Foi quando a Chloe de repente se descontrolou.

"Terra dos Contos de Fadas?! Munchkins?! Nikki, sai daí!", ela gritou histericamente enquanto agarrava meus ombros e me chacoalhava com força. "Quero minha velha amiga de volta, sem dano cerebral!"

"Para com isso, Chloe!", a Zoey a repreendeu. "Se você continuar sacudindo a pobre coitada como um chocalho, aí sim ela VAI ter um dano cerebral!"

"Opa! Desculpa!", a Chloe disse.

"A Nikki ainda está um pouco desorientada", a professora de educação física explicou. "Mas ainda bem que ela não parece ter quebrado nada. Talvez ela se sinta melhor se a colocarmos de pé."

A Chloe e a Zoey me seguraram pelos braços e me ajudaram a levantar.

"Obrigada, pessoal! Não sei o que faria sem vocês!", falei, começando a chorar.

"Nikki, NÓS é que não sabemos o que faríamos sem VOCÊ!", a Chloe fungou.

"É! Ficamos com TANTO medo de que você se machucasse!", a Zoey disse, secando uma lágrima.

Então as duas me envolveram em um abraço de urso e disseram...

"NÓS TE AMAMOS, NIKKI! VOCÊ É A MELHOR AMIGA DE TODOS OS TEMPOS!"

Depois de alguns minutos, a tontura finalmente desapareceu e comecei a me sentir muito melhor.

Mas olha isso!

Eu tinha acabado de ter o sonho MAIS LOUCO de TODOS!

Sobre contos de fadas!

Pareceu TÃO REAL! Não pude deixar de notar alguém olhando para mim e enrolando o cabelo no dedo...

Era a MACKENZIE ☹!!

"AI, MEU DEUS, Nikki! Que bom que você está bem!", ela disse, abrindo um sorriso falso. "Fiquei SUPERpreocupada com você. Foi tão assustador te ver correndo em direção à bola quando ela escorregou das minhas mãos! Foi um acidente bizarro!"

A turma toda e eu só ficamos olhando para aquela garota. Ela era muito mentirosa.

"O QUÊ?! Eu não fiz nada de e-errado!", a MacKenzie gaguejou. "Nem toquei em você!"

"Acho que suas últimas palavras foram: 'Ei, Maxwell! Engula isto!'", a Zoey imitou. "Parece familiar?"

"Cala a boca e cuida da sua vida!", a MacKenzie cuspiu. "Não tenho que responder nada pra VOCÊ!"

"Mas TEM que responder para o diretor Winston", a professora de educação física disse com severidade. "Eu vi tudo, e, srta. Hollister, seu comportamento foi totalmente INACEITÁVEL! Vou mandar você à diretoria para explicar suas atitudes ao diretor."

"NÃO! Você NÃO pode me mandar para a diretoria!!", a MacKenzie gritou. "Isso pode ficar registrado no meu histórico! Vou ser arruinada! NÃO é justo! Vou contar para o meu pai e..."

PIIIIIIIIIII!!

Quando a professora apitou, a MacKenzie finalmente ficou quieta e parou de reclamar.

"Mocinha, pode ir para a diretoria AGORA! Ou pode fazer isso DEPOIS de correr cinquenta voltas ao redor deste ginásio! A escolha é SUA!"

O rosto da MacKenzie ficou vermelho de ódio.

"Maxwell!! Você é uma... TONTA!", ela disse baixinho e saiu pisando duro do ginásio.

"MacKenzie, você diz isso como se fosse algo RUIM!", disparei de volta. "Mas POR FAVOR! Não me ODEIE porque sou uma TONTOLÍCIA!"

"Ela merece muito ser suspensa!", a Zoey resmungou.

"Pelo resto do ANO!", a Chloe rosnou.

Então a professora de educação física ligou para os meus pais para explicar o que tinha acontecido e disse que eu parecia estar bem.

Todo mundo concordou que seria uma boa ideia eu ir à enfermaria só para ficar em observação.

Na verdade, eu não me importei.

Depois de tudo que eu tinha passado, a ideia de relaxar na enfermaria com meu diário parecia muito boa.

Após nos trocarmos, a Chloe e a Zoey foram comigo até o meu armário.

Então fomos à enfermaria.

Foi quando alguém se aproximou correndo pelo corredor e gritando meu nome.

"NIKKI! NIKKI! Fiquei sabendo o que aconteceu...!"

Era o ~~príncipe~~ Brandon!

Ele segurou as minhas duas mãos e olhou nos meus olhos...

"NIKKI! FIQUEI MUITO PREOCUPADO! VOCÊ ESTÁ BEM?"

AI, MEU DEUS! Foi um déjà-vu total! Quase como se tivéssemos vivido juntos em outra vida!

"Na verdade, Brandon, eu estou bem. Mas obrigada por perguntar!", dei uma risadinha.

O Brandon é um cara tão legal! A reação dele sobre a coisa toda que me aconteceu na quadra foi tão... MEIGA! E ROMÂNTICA!

^^^^^
EEEEE ☺!!! A Chloe e a Zoey estavam praticamente virando duas poças de calda de caramelo de tanta fofura!

Claro que a MacKenzie ficou de cara feia. Não sei por que ela tem tanto ciúme da minha amizade com o Brandon.

Enfim, depois do colégio, todo mundo estava fofocando sobre o fato de o diretor Winston ter dado uma suspensão de três dias para a MacKenzie por "comportamento antiesportivo". Como parte da suspensão, os alunos ajudam a embelezar o colégio. E claro que não havia nenhum lugar que precisasse mais de embelezamento do que o banheiro feminino!!...

MACKENZIE, ESFREGANDO O BANHEIRO FEMININO DURANTE A SUSPENSÃO!!

Apesar de eu não ter gostado daquele comentariozinho nojento que ela fez a meu respeito na quadra, ela estava certa quando disse que havia baratas no banheiro das meninas.

EEECA! Aquele era o trabalho mais SUJO de todos!

Eu até senti pena dela ☹!

SÓ QUE NÃO ☺!!

Aquela garota me provocou e me ridicularizou durante o ano TODO por causa do negócio da minha família.

Mas, pelo número de insetos que vi caminhando sobre a pele dela, acho que ela vai precisar ligar para a Maxwell Exterminadora de Insetos!

Só tô dizendo...

☺!!

DE VOLTA PARA CASA! FINALMENTE ☺!! – 16:15

Depois do FIASCO com os contos de fadas, eu estava me sentindo mental e fisicamente exausta.

Tive que tomar um refrigerante inteiro a fim de reunir energia suficiente para caminhar para casa depois de descer do ônibus. Se não tivesse feito isso, provavelmente teria caído e adormecido bem ali, no jardim da casa da sra. Wallabanger.

AI, MEU DEUS! Eu estava TÃO feliz por finalmente chegar em CASA! Acho que passei a maior parte da vida sem dar muito valor a isso.

A primeira coisa que notei foi meu despertador ~~desaparecido~~ roubado em cima da mesa da cozinha!

E, ao lado dele, havia um sanduíche e um bilhete com o MEU nome.

Também vi duas marias-chiquinhas com lacinhos floridos...

EU, MUITO FELIZ E ALIVIADA POR FINALMENTE ESTAR EM CASA ☺!!

Por algum motivo, tudo em casa parecia diferente.

De algum modo... MELHOR!

Eu mal podia esperar para entrar no meu quarto e dormir na minha cama.

Eu estava até ansiosa para ver os meus pais. Queria abraçar os dois bem forte, só porque podia.

E, apesar de estar COM MEDO de ter que escrever meu próprio conto de fadas, minha cabeça agora estava tão cheia de detalhes interessantes das minhas PRÓPRIAS aventuras, a ponto de eu achar que EXPLODIRIA!

AI, MEU DEUS! Eu tinha material suficiente para escrever um livro. Não! Uma SÉRIE de livros!

Esse trabalho seria um 10 garantido!

De qualquer modo, eu abri a carta com meu nome e imediatamente reconheci a caligrafia descuidada da Brianna com giz de cera roxo...

EU, LENDO A CARTA DA BRIANNA

Estava escrito o seguinte...

Querida Nikki,

Experimente isso. Pode ser que você goste ☺!!

Escrevi esta carta para dizer que sinto muito, muito. Quando você fica brava comigo, sua cara fica igual à do papai quando ele sentiu o cheiro daquele gambá que estava escondido na garagem. E isso me deixou muito triste. Sua cara, não o gambá fedorento.

Você ainda está brava? Por favor, circule um:
SIM   NÃO

Se ainda estiver brava, poor favor, aceite minhas desculpas por ter pegado seu despertador, por ter te chamado de ladra de sanduíche, por jogar joguinho no seu telefone e por desenhar uma carinha bonitinha nele, e também por ter tentado ligar para ~~o Príncipe~~ a Princesa de Pirlimpimpim.

Não consegui falar com ela, mas falei com um cara chamado Moe por engano, e ele não foi muito educado. Disse que, se eu ligar para ele de novo, ele vai chamar a polícia.

Isso seria muito ruim, porque acho que na cadeia não servem nuggets de frango.

Então eu ia morrer de fome, o que não ia ser nada divertido ☹.

Bom, fiz esse sanduíche só para você porque eu me importo muito com você. Espero que goste!

Você é a minha melhor amiga! Depois da Bicuda e da Princesa de Pirlimpimpim.

Mas você é a irmã MAIS MELHOR que eu tenho ☺!!

Com amor,
Brianna

AI, MEU DEUS! Quem podia imaginar que uma carta de desculpas poderia tocar meu coração, encher meus olhos de lágrimas e me fazer rir? TUDO ao mesmo tempo?

Foi TÃO...

Brianna!

Então finalmente decidi ceder e experimentar o sanduíche estúpido dela.

Principalmente porque ela havia se dado o trabalho de prepará-lo para mim.

Só uma mordidinha não ia me matar, CERTO?!

Fechei os olhos e tentei pegar o sanduíche molenga e gosmento sem surtar totalmente.

Mas, quando o levei à boca, o cheiro esquisito de picles e pasta de amendoim me deu ânsia de vômito!

ECA ☹!!

"Não pense. Só COMA!", eu disse a mim mesma ao fazer a contagem regressiva.

"Cinco... quatro... três... dois..." O suor causado pelo nervosismo escorria pela minha testa. "UM!"

Dei uma mordida e engoli o mais rápido que consegui.

"AI, MEU DEUS!", gemi. Eu não podia acreditar no que minhas papilas gustativas estavam gritando para mim!

Aquele sanduíche estava DELICIOSO!!

Dei mais uma mordida. E depois outra!

Como era humanamente possível reunir todos aqueles sabores incríveis em um único sanduíche? Era o melhor sanduíche que eu já tinha comido na VIDA!

A Brianna ainda estava me espiando da porta.

"Brianna! Vem aqui! AGORA!", eu gritei com a boca ainda cheia.

Timidamente, ela espiou dentro da cozinha. "Quem, eu?"

"Sim, VOCÊ", respondi.

Ela se aproximou, cruzou os braços e olhou para os pés com nervosismo.

Foi quando eu a abracei bem forte.

Acho que a peguei de surpresa, porque ela ficou me olhando e piscando como se eu fosse um monstro de duas cabeças ou algo assim.

"Você é a irmã MAIS MELHOR que eu tenho!", ri. "E esse é o sanduíche MAIS MELHOR DE BOM que já comi!"

"Eu disse!", a Brianna sorriu.

Tive que admitir que ela estava certa!

"Certo, Brianna!", falei.

"Vou comer isso como um CÃO!
Vou comer isso como um GAVIÃO!

Vou comer isso como um *GATO!*
Vou comer isso como um *RATO!*

Vou comer isso no meu *QUARTO.*
Ou no *ÔNIBUS.* Como se eu fosse um *LAGARTO!*

Vou comer isso em *QUALQUER LUGAR!*
Porque esse lanche me faz *DELIRAR!*

Pode me chamar de *CHATA!* Pode me
chamar de *BIRRENTA!*
*EU AMO ESSE SANDUÍCHE CHEIO DE
COISA NOJENTA!"*

Eu brigo com a Brianna porque às vezes ela sabe ser uma PIRRALHA chata!

Mas, depois de hoje, estou começando a valorizar suas qualidades. Ela é esperta, bonita, amiga, criativa e tem um coração enorme.

Mas o mais importante é que ela SEMPRE me ajuda quando preciso!

Como irmã mais velha, digo que tenho muita sorte!

E uma coisa é certa: A Brianna é MUITO melhor fazendo sanduíches do que foi como fada madrinha. Só tô dizendo...

EU E A BRIANNA,
DIVIDINDO SEU SANDUÍCHE DELICIOSO ☺!!

Bom, esse foi o dia mais MALUCO de todos.

Mas a boa notícia é que acabei tendo meu final feliz!

Graças à Brianna e a todas as pessoas que se importam muito comigo ☺!

Mas eu juro! Se eu for GOLPEADA de novo, vou perder a cabeça.

Tô brincando!

SÓ QUE NÃO!!!

Eu sei... eu sei...!

Eu sou muito TONTA!!

☺!!

Rachel Renée Russell é uma advogada que prefere escrever livros infantojuvenis a documentos legais (principalmente porque livros são muito mais divertidos, e pijama e pantufas não são permitidos no tribunal).

Ela criou duas filhas e sobreviveu para contar a experiência. Sua lista de hobbies inclui o cultivo de flores roxas e algumas atividades completamente inúteis (como fazer um micro-ondas com palitos de sorvete, cola e glitter). Rachel vive no estado da Virgínia, nos Estados Unidos, com um cachorro da raça yorkie que a assusta diariamente ao subir no rack do computador e jogar bichos de pelúcia nela enquanto ela escreve. E, sim, a Rachel se considera muito tonta.